周作人著作

書房一角

锺叔河——编订

岳麓書社·长沙

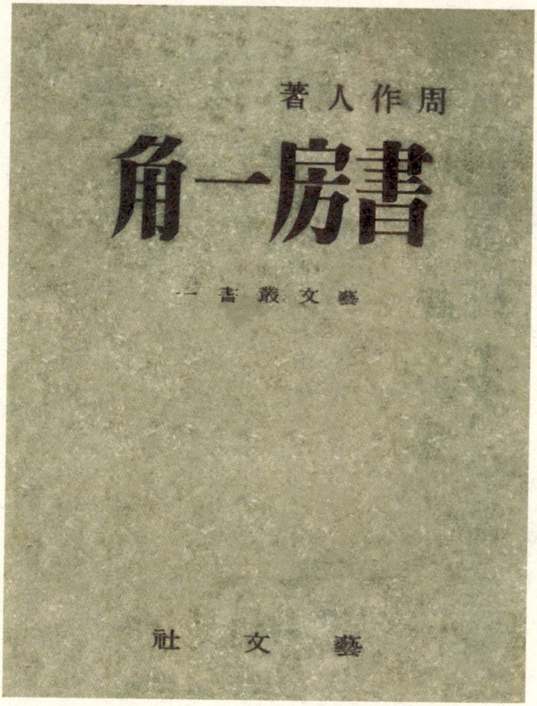

艺文社本《书房一角》

编者的话

钟叔河

一九八七年一月三日《光明日报》上，岳麓书社刊出了我拟稿的一帧广告（左图），宣布了书社和我对重印周作人著作的观点：

“人归人，文归文。周作人其人的是非功过是另一问题，其书的主要内容是对传统文化和国民性进行反思，对中国—西方和中国—日本的文化历史进行比较研究，今之读者却不可不读。……”

随即便开始出书。既出周作人著作的单行本，也出精装合订本。两年之间，出了二十四种。

书当然不是想出便能出的，得按规矩，走程序。周家授权了，报告批复了，宋木文、杨牧之、伍杰各位领导都当面或来信表示应允和支持了，便能够出了。

出就得出好。当时强调了两条：（一）因为均系据旧本重印，所以一定要认真校订，尽力改正旧本误植失校的错误；（二）因为手稿不存，无法对勘，所以一定要详出校记，改动处一概保留原文，承担责任。

这两条，读者看来大都是认可的。直到如今，在旧书网上，八十年代“岳麓版”的周作人著作，始终都卖得不错。

现在，岳麓书社决定又来出版周作人著作，仍然要我负责编订，做法则一仍其旧。主要还是这些书，还是这两条，新的广告也就不必再做了。

鄢琨君三十年前和我同编了这些书，此次仍然合作，蒋浩君也参加了进来。校记原列表在书末，如今改作尾注。二君新增校改之处，分别标出“鄢校”“蒋校”，特此说明，并志感谢。

二〇一八年五月十五日于长沙。

出版题记

《书房一角》，一九四四年五月新民印书馆印行，署“艺文社”《艺文丛书》，有新序一，原序一，四卷共收文一百九十一则（篇）。

卷一《旧书回想记》（《古今》杂志专栏名目），连小引在内计二十八则。

卷二《桑下丛谈》，小引云读邑人著作中有关于故乡人物者，作“数百字的笔记小品”，计四十四则，同样是读后的题跋。

卷三《看书偶记》六十一则（小引在内），《带皮羊肉》等篇看似与书无关，其实它也是从《癸巳存稿》《钓矶立谈》二书谈起的。

卷四《看书馀记》五十八则，无小引，可视为《偶记》之续。虽有些篇写作时间或在之前，亦积稿或“补白”成书时难免的现象。

原序自述其写文章的历史，一九二一年前多搞翻译，一九二二年后写批评文章，一九三二年后则“只写随笔，或称读书录，我则云看书偶记，似更简明的当”。新序则云，读书有感，记其大概，积一二百则，五十则编为《(药堂) 语录》，其馀的差不多完全收入此书了。

今据“新民版”校订重印。

二〇二〇年五月二十八日，锺叔河。

目录

桑下丛谈

看书偶记

看书馀记

新序

本书所收凡四部分，即是一、《旧书回想记》二十八则，二、《桑下丛谈》四十四则，三、《看书偶记》六十一则，四、《看书馀记》五十八则，共计一百九十一则也。《药堂语录》后记所云读书消遣，读过之后或有感想，常取片纸记其大概，久之积一二百则，便是这些东西，其五十则编为《语录》，已于年前付刊，如将这些合算起来，那么这二百馀篇已差不多完全了。其中也还有些比较太枯燥，或是写得太率直的，留下了不曾编入，不过这里可以说一句话，我所写的于读者或无兴趣，那是当然的，至于强不知以为知的那么说诳话，我想是没有。至于知道得不周全，说错的话，那自然是不免的。语云，人非圣人，孰能无过。又云，过则勿惮改。此一节甚希望在读者能加以指教，在著者亦不敢不加勉也。

民国癸未九月，旧历秋分节，知堂记于北京。

原序

从前有人说过，自己的书斋不可给人家看见，因为这是危险的事，怕被看去了自己的心思。这话是颇有几分道理的，一个人做文章，说好听话，都并不难，只一看他所读的书，至少便颠出一点斤两来了。我自己很不凑巧，既无书斋，亦无客厅，平常只可在一间堆书的房子里，放了几把椅子，接见来客，有时自己觉得像是小市的旧书摊的掌柜，未免有点惶恐。本来客人不多，大抵只是极熟的几个朋友，但亦不无例外，有些熟人介绍同来的，自然不能不见。《儒林外史》里高翰林说马纯上杂览，我的杂览过于马君，不行自不待言。例如《性的心理》，恐怕至今还有许多正统派听了要摇头，于我却极有关系，我觉得这是一部道德的书，其力量过于多少册的《性理》，使我稍有觉悟，立定平常而真实的人生观。可是，偶然女客枉顾，特别是女作家，我看对她的玻璃书橱中立着奥国医师鲍耶尔的著书，名曰《女人你是什么》，便也觉得有点失敬[1]了，生怕客人或者要不喜欢。这时候，我就深信前[2]人的话不错，书房的确不该开放，虽然这里我所顾虑的是别人的不高兴，并不是为了自己的出丑之故，因为在这一点我是向来不大介意的。

我写文章，始于光绪乙巳，于今已有三十六年了。这个期间可以分做三节：其一是乙巳至民国十年顷，多翻译外国作品；其二是民国十一年以后，写批评文章；其三是民国廿一年以后，只写随笔，或称读书录，我则云看书偶记，似更简明的当。古人云，祸从口出。我写文章向来有不利，但这第三期为尤甚，因为在这里差不多都讲自己所读的书，把书房的一角公开给人家看了。可是这有什么办法呢。我的理想只是那么平常而真实的人生，凡是热狂的与虚华的，无论善或是恶，皆为我所不喜欢；又凡有主张议论，假如觉得自己不想去做，或是不预备讲给自己子女听的，也决不随便写出来公之于世，那么其结果自然只能是老老实实的自白，虽然如章实斋所说，自具枷杖

【锺校】

①“敬”原作“败”。

②“前”原作“或”。

供状，被人看出[1]破绽，也实在是没有法子。其实这些文章不写也可以，本来于自己大抵是无益有损的，现在却还是写下去，难道真是有瘾，像打马将似的么？这未必然。近几年来只以旧书当纸烟消遣，此外无他嗜好，随时写些小文，多少还是希望有用。去年在一篇文章的末尾曾说过，深信此种东西于学子有益，故聊复饶舌，若是为个人计，最好还是装痴聋下去，何苦费了工夫与心思来报告自己所读何书乎。我说过文学无用，盖文学是说艺术的著作，用乃是政治的宣传或道德的教训，若是我们写文章，只是以笔代舌，一篇写在纸上的寻常说话而已，不可有作用，却不可无意思，虽未必能真有好处，亦总当如是想，否则浪费纸墨何为，诚不如去及时放风筝之为愈矣。

不佞读书甚杂，大抵以想知道平凡的人道为中心，这些杂览多不过是敲门之砖，但是对于各个的砖也常有些爱着，因此我所说的话就也多趋于杂，不大有文章能表出我的中心的意见。我喜欢知道动物生活，两性关系，原始文明，道德变迁这些闲事，觉得青年们如懂得些也是好事情，有点功夫便来拉扯的说

【锺校】

①“出”原作“去”。

一点，关于我所感觉兴趣的学问方面都稍说及。只有医学史这一项，虽然我很有偏好，英国胜家与日本富士川的书十年来总是放在座右，却不曾有机会让我作一两回文抄公，现在想起来还觉得十分可惜。近来三四年久不买外国书了，一天十小时闲卧看书，都是木板线装本，纸墨敝恶，内容亦多是不登大雅之堂的，偶然写篇文章，自然也只是关于这种旧书的了。这是书房的另一角，恐怕比从前要显得更寒伧了罢。这当然是的，却是未必全是。以前所写较长一点，内容乃是点滴零碎的，现在文章更琐屑了，往往写不到五六百字，但我想或者有时说得更简要亦未可知。因为这里所说都是中国事情，自己觉得别无所知，对于本国的思想与文章总想知道，或者也还能知道少许，假如这少许又能多少借了杂览之力，有点他自己的根本，那么这就是最大的幸运了。书房本来没有几个角落，逐渐拿来披露，除了医学史部分外，似乎也太缺远虑，不过我想这样的暴露还是心口如一，比起前代老儒在《四书章句》底下放着一册《金瓶梅》，给学徒看破，总要好一点，盖《金瓶梅》与《四书章句》一样的都看过，但不曾把谁隐藏在谁的底下也。

（廿九年二月廿六日）

旧书回想记

引言

近几年在家多闲，只翻看旧书，不说消遣，实在乃是过瘾而已，有如抽纸烟的人，手嘴闲空，便似无聊，但在不佞则是只图遮眼也。旧书固然以线装书为大宗，外国书也并不是没有，不过以金圆论价，如何买得起，假如我有买一册《现代丛书》的钱，也就可以买一部《藕香零拾》来，一堆三十二本，足够好些日子的翻阅了。从前买的洋书原来是出版不久的新本，安放在架上，有些看过早已忘了，有些还未细看，但总有点爱恋，不肯卖掉或是送人，看看一年年的过去，一算已是二三十年，自然就变成了旧书，正如人也变成老人一样。这种在书架上放旧了的书，往往比买来的更会有意思，因为和他有一段历史，所以成为多少回想的资料。但是这也与书的内容有关系，如或有一部书看了特别佩服或欢喜，那么历史虽短，情分也可以很深，有时想到，也想执笔记述几行，以为纪念，新旧中外都无一定，今统称之曰旧书，止表示与新刊介绍不同云耳。回想是个人的事，这里免不了有些主观与偏见，不过有一句话可以说明，无论如何总不想越过常识，盖假如没有这个做灯标，读新旧书都要上当，何况作文说话，更将大错而特错，则吾岂敢。日前曾写小文曰《书房一角》，已有做起讲之意，而因循不果，今番似是另起炉灶，实则还是此意思，故重复话今亦不再说也。

（二十九年十一月十一日，在北平）

《玛伽耳人的诗》

提到洋文旧书，我第一想起来的总是那匈加利育珂摩耳的一本小说，名曰《髑髅所说》。这是我于一九〇六年到东京后在本乡真砂町所买的第一本旧书，因此不但认识了相模屋旧书店，也就与匈加利文学发生了关系。只可惜英国不大喜欢翻译小国的东西，除了贾洛耳特书局所出若干小说外不易搜求，不比德文译本那样的多，可是赖希博士的《匈加利文学论》也于一八九八年在那书局出版，非常可喜，在我看来实在比一九〇六年的利特耳教授著《匈加利文学史》还要觉得有意思。其第二十七章是讲裴象飞的，当时曾译为艰深的古文，题曰《裴象飞诗论》，登在杂志《河南》上，后来登出上半，中途停刊，下半的译稿也就不可考了。但是现在我要想说的不是这些，乃是今年春间所买一本鲍林的《玛伽耳人的诗》。此书出版于一八三〇年，已是一百十年前了，为英国介绍匈加利文学最早的一册书，在参考书目中早闻其名，今于无意中忽然得到，真是偶然之至。集中收诗人二十六，诗九十六，民谣六十四，而不见裴象飞，这也正是当然的，这位爱国诗人那时他才只有七岁呢，及一八六六年鲍林又刊裴象飞译诗集约八十首，则已在诗人战死十七年之后矣。余译育珂小说，于戊申成《匈奴奇士录》，庚戌成《黄蔷薇》，惟以未成密克萨德小说为恨，中隔三十年，忽又得鲍林之书读之，则与匈加利文学之缘分似又非偶然也。取育珂密克萨德旧小说，拂尘土，摩挲披阅，仍觉可喜，或者再动笔来译《圣彼得的雨伞》乎？此正不可必也。

童话

以前曾有一个时候，我颇留意找外国的童话，这也是三十多年前的事了。其实童话我到现在还是有兴味，不过后来渐偏于民俗学的方面，而当初大抵是文学的，所以在从《司各得丛书》中得到哈忒兰以及叶支所编《英伦爱耳兰童话集》的时候，不免有点失望，虽然岩谷小波那样复述的《世界童话集》也觉得不满意。大约那时的意见只承认童话有两大类，一是文艺的，如丹麦安徒生所作，一是自然的，如德国格林兄弟所集录者，是也。但是安徒生那样的天才，世间少有，而德国又不大新奇，因为当时注意的也是西欧以外的文学，所以童话用了同样的看法，最看重的是东北欧方面的出品。这些在英译本中当然不会多，凑巧在十九世纪末期出了一个怪人，名为尼斯贝忒培因，他专翻译许多奇怪国语的书，我买到他所译匈加利芬兰丹麦俄国的小说，童话集中最可喜的三种也正都是他的译本。一是俄国，二是哥萨克，三是土耳其，根据匈加利文译出，后附罗马尼亚的一部分。他懂的方言真不少，也肯不辞劳苦的多译，想起来还觉得可以佩服感激。这三册书各值六先令，本不算贵，当时省节学费买来，也着实不容易，虽然陀耳译的俄国童话有复制的比利平插画，价美金二圆，要高出四分之一，也终于勉力买到，至今并为我书架的镇守。民国以后格林一类的书也要搜集了，觉得哈忒兰的分类编法很有意义，他的《童话之科学》与麦克洛支的《小说之童年》二书成为童话的最好参考书，别方面的安徒生也另行搜集，虽然童话全集英译以克莱格夫妇本为佳，培因却亦有译本，又据说英文《安徒生传》也以培因所著为最，可惜我未曾得到，虽有别的二三本，大率平平，或不及勃兰特斯之长论更能得要领也。

（十一月廿一日）

歌谣

民国初年我搜集外国歌谣的书，最初只注意于儿歌，又觉得这东西禁不起重译，所以也只收原文著录的，这就限于英文日文两种了。英文本的儿歌搜了没有多少种，后来也不曾引伸到民歌里去，可是这里有一册书我还是很欢喜，这是安特路朗所编的《儿歌之书》。此书出版于一八九七年，有勃路克的好些插画，分类编排，共十四类，有序言及后记，很有意思。因为朗氏是人类学派的神话学家，又是有苏格阑特色的文人，我的佩服他这里或者有点偏向也未可知。日本方面最记得的是前田林外编的《日本民谣全集》，正续二册，皆明治四十年（一九〇七）刊，正集附有《日本儿童的歌》一篇译文，小泉八云原著，见一九零一年出版的《日本杂记》中，我觉得这是很有意思的事，盖以前不曾有过这种文章也。以后汤朝竹山人著书《俚谣》等有十馀册，藤井乙男藤田德太郎编各歌谣集，高野辰之的《日本歌谣集成》十二大册，陆续出版，寒斋亦大抵收置，近几年来却没有翻过一页，现在想到，只找出故上田敏博士校注的一册《小呗》来，把序文重读了一遍，不禁感慨系之。此书于大正四年（一九一五）由阿兰陀书房刊行，不久绝版，六年后再由阿耳斯重刊，这两种本子我都搜到，再版本的书品不知怎的总有点不如了。书中所收是两种民谣小集，即《山家鸟虫歌》与《小歌总览》各一卷，世间已有复刻，本非珍书，惟上田博士以西洋文学专家而校刊此书，序文中引古今西诗为证，歌中有语不雅驯处去其字，而于小注中加拉丁译语，凡此皆足以见其人平日之风格，每一展观，常不禁微笑者也。此等学人，今已不可再得，若竹山人用力虽勤，但并不是文艺或学问中人也。

（十一月二十三日）

匈加利小说

民国前在东京所读外国小说差不多全是英文重译本，以斯拉夫及巴耳干各民族为主，这种情形大约直到民十还是如此。这里边最不能忘记的是匈加利的小说。贾洛耳特书店出版的小说不知道为什么印得那么讲究，瓦忒曼似的纸，金顶，布装，朴素优美而且结实，民初在浙东水乡放了几年，有些都长过霉，书面仿佛是白云风[①]的样子了，但是育珂摩耳的短篇集一册，还有波阑洛什微支女士的小说《笨人》，总算幸而免，真是可喜的事。我对于匈加利小说有好感，这是理由之一。其次是当时我们承认匈加利人是黄种，虽然在照相上看来，裴象飞还有点像，育西加与育珂等人已显然是亚利安面貌了。但他们的名字与欧人不同，写起来都是先姓后名，如英译称摩理斯育珂，而

【锺校】

①“白云风”疑当作“白癜风”。

其自署则必曰育珂摩耳，这一节似乎比印度人还要更是东方的，在三十年前讲民族主义的时代怎能不感到兴趣，而其影响便多少留遗一点下来，到现今还未消灭。现在想起来这匈加利的黄白问题颇是暧昧，也不值得怎么注意，不过从前总有过这么一回事，有如因腹泻而抽了几口鸦片，腹疾早愈而烟枪也已放下，但记忆上这口烟味也还会少少存留的。至于小说有写得好的，那也不会忘记，可是这并不限于那一民族，密克萨德著《圣彼得的雨伞》的确还想翻译，别国的却也还有，如波阑显克微支著《得胜的巴耳德克》，俄国库普林著《阿勒萨》，日本坂本文泉子著《如梦记》皆是，就只可惜无此工夫，其实或是无此决心耳。

（十一月二十五日）

医学史

汉文的医药书我所有的只是一部大板的《本草纲目》，有四十本之多，不过他的用处也只等于《群芳谱》或《花镜》，说得高一点也就是《毛诗虫鱼疏》与《尔雅翼》之流罢了。外国文的比较稍多，但那是《六法全书》之类实用备查的书，说不上翻读，若平常放在案边，有时拿出来看看的只有一样医学史。英文的医学史有康斯敦、胜家、陀生的三种，又胜家著《从法术到科学》《希腊医学》诸书，德国玛格奴斯著《医学上的迷信》，日本文的有山崎祐久著《少年医学史》，富士川游著《日本医学史》《日本医学史纲》。这中间我所最喜欢的是胜家的《医学小史》与富士川的《日本医学史纲》，虽然《从法术到科学》中有《古代英国的法术与医学》《古代本草》诸文，也很可喜。医疗或是生物的本能，如猫犬之自舐其创是也，但是发展为活人之术，无论是用法术或方剂，总之是人类文化之一特色，虽然与梃刃同是发明，而意义迥殊，中国称蚩尤作五兵，而神农尝药辨性，为人皇，可以见矣。

医学史上所记便多是这些仁人之用心，不过大小稍有不同。我翻阅二家小史，对于法国巴斯德与日本杉田玄白的事迹，常不禁感叹，我想假如人类要找一点足以自夸的文明证据，大约只可求之于这方面罢。此外特别有意义的便是中西医学的对照，欧洲中古医学上的水火地风四行说以及灵气流通等说，都与中国讲五行等相同，不过欧洲自十七世纪哈耳威的血液循环说出以后全已改革，中国则至今通行罢了。我们夸称一种技术或学问以为世界无双，及查文化史往往在别处也已有之，而且只是路程的一站，早已走过去了，没有什么可夸的。这是一服清凉剂，读医学史常容易感到。我还有一册商务印书馆的《中国医学史》，混在外书房的乱书堆里，一时不易找到，现在也就不谈了。

（廿九年十二月三日）

画谱

儿童大抵都喜欢花书，这里有两种，一是绣像，一是画谱。最先看见的自然是小说中的绣像，如《三国演义》上的，但是这些多画得不好，木刻又差，一页上站着一个人，不是向左便是向右看，觉得没有多大意思，我还记得貂蝉的眼睛大而且方，深觉得吕布之入迷殊不可解。金射堂的《无双谱》四十图要算画得顶好的了，却也没有什么好看。《百美图咏》小时候也常见，更觉得是单调，大概这方面还要推任渭长所作为最，如《於越先贤像》，剑侠高士、列仙酒牌皆是。画谱中最有名的是芥子园与十竹斋，从前都曾翻过，却已是四十年前的事，不大记得清楚。总之木板的山水画很不容易刻得好，所以看了觉得可喜的还只是花鸟与草虫而已。说也奇怪，这里我所记得的提起来乃是两部外国书。冈元凤的《毛诗品物图考》出版于天明四年即乾隆四十九年，比徐鼎的《毛诗名物图说》要好得多，但他实是说经的书，不过我们拿来当作画看也并不错。喜多川歌麻吕的《画本虫撰》乃是近来新得的，原本刊于天明八年，极为难得，我所有的只是复制限定板，虽然用珂罗版印，也颇精美，可惜原来的彩色不能再见了。全书凡十五图，每图二虫，配以花草，上记狂歌以虫为题，凡三十首，作者宿屋饭盛等皆为当时有名狂歌师也。歌麻吕亦有名浮世绘师，以美女画著名，而或者乃独称赏此册，其技工与趣味盖均不可及。永井荷风在《日和下驮》第八篇《空地》中云，我对于喜多川所作《画本虫撰》喜爱不已之理由，盖即因此浮世绘师择取南宗与四条派之画家所决不画的极卑俗的草花与昆虫而为之写生也。《虫撰》序言系追踪木下长啸子的《虫之歌合》，其实狂歌竞咏虽是一辙，若论图画则相去甚远，《虫撰》中第八秋蝉蜘蛛与玉蜀黍，第十三络纬蝉与锦荔枝，第十五青蛙金虫与荷叶，皆极可喜，《歌合》所画乃似出儿童手，如或古拙堪取，却是别一路也。

（十二月三十一日灯下）

妖术史

我对于妖术感到兴趣，其原因未可详考，大概一半由于民俗学，大半却由于宗教审判的历史罢。从文化史上看来，符咒法术即是原始的科学，他所根据者一样的是自然律，不过科学的出于事实，每试皆验，而法术的则根于推想，不一定验罢了，这其间的转变是很有意思的事。别一方面，从法术发生了宗教，而宗教一边敌视科学，同时也敌视法术，结果是于许多妖巫之外也烧死了勃鲁诺等人，总称之曰非圣无法，这也很有意思，虽然是很可怕的事。中国历史上有过许多文字思想的冤狱，罪名大抵是大逆不道，即是对于主权者的不敬，若非圣无法的例案倒不大多，如孔融嵇康李贽等是，在西欧宗教审判里则全是此一类，此正大足供识者之考察者也。我耽读这一类书已是十年以前的事，除一般说及法术者外，我所喜欢的有吉忒勒其教授的《新旧英伦的妖术》，茂来女士的《西欧的巫教》，二者皆是学术的著作，案：汤姆生的《魔鬼史》与斯本思的《不列颠之密教》均谓所云妖术乃是古代土著宗教之残留，论旨与茂来女士相同，当可信用。但是最特别的总要算是散茂士的著书了。我所有的只是四种，照出版年代排列，即是《妖术史》《妖术地理》《僵尸》《人狼》，在一九二六至三三年中所刊行，共计六十三先令半，若论时价当在二百五十元之上了。我在这里计较价钱多少，便因为觉得买了有点冤枉，虽然那时的兑换率还没有这样的高。散茂士相信妖术确是撒但的宗派，目的在于破坏耶和华的天国，于人心世道大有关系，非彻底肃清不可，无论用些什么手段与多大牺牲。花钱买书，却听了这些议论，岂不大冤，但在别一方面也不是全无用处，除许多怪意见外也有许多难得的资料，关于妖巫审判的，所以我至今还宝重他，至于《僵尸》与《人狼》二册尤可珍重，其中奇事怪画颇多，如不怕会做噩梦，大可供枕上读书之用也。

（三十年一月七日）

小说

提到小说，可以回想的事情一定应当不少罢。其实却不尽然。我读小说的历史开始得很迟，大约在十一二岁时，最初所读的记得是《镜花缘》，以后大概是《西游记》《封神传》《水浒》《儒林外史》《三国演义》《红楼梦》《七侠五义》《品花宝鉴》《儿女英雄传》，所举都是代表的，其类似模拟者不再列记。这些小说当时读了很有兴趣，后来想起来觉得也得到好些益处，有如小时候乱吃的糖与水果以及杂拌儿，虽然曾经吃坏了胃或牙齿，但其营养分子也总是不可完全抹杀的。我对于上记各项小说觉得都有可取，但是回想起来时却也不能说出那一部特别有意思，特别有什么地方可以怀念。说也奇怪，我现今提起小说来，自己寻问记得的部分是什么，这大抵不是小说本身而是小说的有些批注。古人云，买椟还珠，这颇有点儿相像，岂不是《笑林》里的材料么。我是想说实话，所以这也是无法。小说的批第一自然要算金圣叹，可是《三国演义》与《红楼梦》也不坏，大约还可以考在一等之内。我读《水浒》，本文与批同样的留意，如吃白木耳和汤同咽才好，《西厢》亦然，王斲山出来时尤其有相声之妙。多少年前上海刊行新标点书，亚东本的《水浒》校订周密，有学问上的价值，但我觉得平常翻看则仍不如唱经堂本为佳，盖批注圈点不独增加兴趣，亦足为初学指导，养成了解赏鉴之力，与明师指点不异。不过话须得说过来，这里条件第一要批注有趣味有见识，不是凡批皆佳，第二是限于章回体旧作，他本来是说书人口吻，旁边有人再插嘴说几句，并不扰乱原来的空气，若是新小说，则上文所云自不能适用也。此外我还读过不少违碍小说，回想比较的容易找，但此等书既系犯禁，也就不便再谈了。

（一月九日）

七巧图

小时候玩过的书本里头，最不能忘记的要算七巧图了。回想起来，当时所见者只是一册极普通的《七巧八分图》，实在并没有什么好，就是一种坊本而已，但是有些图如莲叶百合游鱼，简洁浑厚，有古典之趣，此所以不可忘也。听月山房《七巧书谱》自序中有云，“曾得一斋主人真本，乃吕青先生所序，凡有一式，必引古人诗句以合其意”。此书惜未得见，意必有佳趣，求之书肆亦久不能获。

《七巧八分图》十六卷，补遗一卷，此为繁本，仁和女士钱芸吉撰辑，同治甲戌年刊，去今才六十八年，似亦已不易得，商务印书馆有石印本。寒斋有原刻一部，乃从东京得来，朱墨二色套印，颇为精致，而图样平凡，惟全部有千七百馀图，数量甚可观耳。

近日得《信手拈来》一卷，光绪辛丑年刊，自序署桐乡冯汝琪，云侗斋遭庚子之乱，自恨所学非所用，为世诟病，每思覆酱瓿物一无可传，惟《信手拈来》一册乃广《七巧图》之作，推陈出新，自谓有突过前人处。书才六十页，共计百二十图，颇多佳作，每幅题一二成语，隽雅可喜，序中自诩之语盖非过夸也。图中如“郑家诗婢”“北地胭脂[①]”“采莲宫女分花了，笑把兰篙学刺船”“一心咒笋莫成竹”等，均有诗味画趣，大旨其构图妙处近于夏紫笙之《曲成图谱》，题句则似童松君之《益智图》。此二书亦自佳胜，但所用图板太多，易于见巧，不如《七巧》之简单而大方。一斋主人真本不知何如，得见侗斋本，中多可喜，亦已足矣，惟此系成人之书，若为儿童计，则或仍以小时候所见纯朴之《七巧图》为合宜耳。

（一月十八日）

【锺校】

①“胭脂”原作“脂胭”。

《淞隐漫录》

数日前从上海寄到几部旧书，其中有王韬的《淞隐漫录》十二卷，我看了最感兴趣。天南遯叟的著述在清末的文化界上颇有关系，其在甲申前后之意义与庚子前后的梁任公差可相比，虽或价值高下未能尽同，总之也是新学前驱之一支，我曾略为搜集，以备检考，这回买《淞隐漫录》的原因即是为此，但是感到兴趣则又是别的缘故。我初次看见此书时在戊戌春日，那时我寄住杭州，日记上记着："正月廿八日阴，下午工人章庆自家来，收到书四部，内有《淞隐漫录》四本，《阅微草堂笔记》六本。"其时我才十四岁，这些小说却也看得懂了，这两部书差不多都反复的读过，所以至今遇见仍觉得很有点儿情分。当时所见的乃是小册四本，现在的则是大本十二卷，每卷一册各二十页。据《弢园著述总目》云：

是书亦说部之流，聊作一时之消遣，而借以

抒平日之牢骚郁结者也，其笔墨则将无同，其事实则莫须有，如目为刘四骂人，未免深文周纳矣。初散编于画报中，颇脍炙于人口，后点石斋主人别印单行本行世，而坊友旋即翻板，易名曰《后聊斋志异图说》，图画较原刻为工。

此十二册本篇末常有红绿纸痕迹，盖是从画报中拆出订成者，可以说是初印，比小册便览多矣，唯披阅一二卷，华璘姑何蕙仙等虽极是面善，而已无复当年丰姿，此正与重读盛氏本《阅微草堂》相似，今昔之感固亦寂寞，但眼经磨练，犹之阅历有得，不可谓非是进益也。弢园此类著作，尚有《遯窟谰言》与《淞滨闲话》各十二卷，平日见之亦不甚珍重，今之特别提出《漫录》，实以有花牌楼之背景在耳，而转眼已是四十四年，书味亦已变易，他更不足论矣。

（一月三十日）

《〈西厢记〉酒令》

《巾箱小品》四册，我看见他也在四十多年以前，其面目亦已屡有变易了。最初所见是日本翻刻本，刻工颇佳，不过字的左边有和训句读，可以知道，其次是一部中国刊本，大约就是所谓华韵轩本吧，可是现在都已不存，前者不知何时遗失，后者则于十年前送给别人了。第三次所得，现今还在手边的又是日本翻本，首叶有印文云知足斋书画记，不知原系何人之物。此书所收共十三种，第一册为《冬心先生画记》五种，最为世所知，历来重刻《冬心题记》者差不多都于此取材，此外则《冬心斋研铭》与《板桥题画》也是可喜的小品文章，至今翻看还觉得很有趣味。但是我现在想要说的，却是别一种东西，即《〈西厢记〉酒令》是也。本来《唐诗酒筹》亦自不恶，如第一条云玉颜不及寒鸦色，面黑者饮，每见辄令人绝倒。惟唐诗范围太广，稍嫌凌杂，不及《西厢》之同出一书，较为匀称。此令凡百二十条，不著撰人名字，俞敦培编《酒令丛钞》，收入卷四《筹令》中，后又有自著《艺云轩西厢新令》计一百条。《集闲情小录》初集中有《西厢酒筹》一卷，一百六条，汪兆麒撰，若最多者则为东山居士之《西厢酒令》计三百条，嘉庆丙子年刊，远在俞汪之前，但似不多见，故《丛钞》中未说及。酒令本是一种劝酒的方便，最简单的如猜拳拍七之类，迨至用成语作筹，便与灯谜相近，很有文字游戏的意味了。《丛钞》中有四书贯西厢令，其一云，“行乎富贵，金莲蹴损牡丹芽”，这原是一个谜语，不过现在底面颠倒罢了。文字上的雕虫小技，非壮夫所当为，惟汉字性质上有此游戏之可能，学者亦不可忽视，则此类酒令与灯谜诗钟对联等同是很好的资料也。

（二月八日）

《左庵诗》

《刘申叔遗书》近已上市，因购得一部，铅印白纸七十四册，价颇不廉，闻且有上涨之趋势，至其原因则未详也。申叔卒于民国八年，十五年后宁武南氏乃为编刊遗稿，及钱玄同君参与编订，常来谈及，始知其事，盖已在民国二十四五年顷矣。当申叔避难居东时，余亦在东京，曾数为《天义报》撰稿，惟终未相见，后来同在北京大学教书，除在校遇见外亦无往来，对于申叔绝学不能了知，故亦无悔，但于编《遗书》时余亦得有一二贡献，殊出望外，如《鲍生学术发微》，是亦寒斋之光荣也。买到遗书之后，无意中却又得到几种申叔著作的刻本。其一是《周书补正》六卷，后附《周书略说》一卷，板心下端刻“左庵丛书”四字，题叶为秦树声署，未记刻书年月。案：《遗书》中所收《周书补正》据总目注明系用抄本，在后记中亦未说及曾经刊刻，但取两本比校，别无大异，后与赵斐云君谈及，则所云抄本即是赵君手笔，昔年在南京据刻本移写者，乃知此刻本实是祖本，其无异同宜也。（其偶异处恐是遗书校字者之误。）其二是《左庵诗》一卷，题叶书辛未八月，李植署，背面云华阳林氏清寂堂刊。前有林进思“校刻左庵诗序”，时为辛未，目录后又有癸酉题记，盖初刻于民国二十年，至廿二年补刻十九首，别有自序，乃无年月。《遗书》中《诗录》四卷，为玄同所编定，卷二即名《左庵诗》，系据刘氏家藏抄本编入，后记云，《匪风集》与《左庵诗》似皆有刻本，但从未见过。后记作于廿五年五月，刻本早已出版，卷首有朱印曰“成都茹古书局印行”，可知亦是发客者，不审其时何以不至北京，不克供编集者之参考，而余乃于无意中得之，奇矣。刻本系根据申叔自定本，与《诗录》相较，除续刻十九首外，全本相同，惟《诗录》有阙字，《从军行》之二第三四联原文云：“为惜卿忧惕，愆我瑶华遗，鸿辷递南北，且舒刀环思。”今缺“为惜”至“鸿辷”十二字，借刻本得以补正，亦是可喜事也。玄同为申叔编诗文集，备极辛勤，而未及见此二刻本，念之怅惘，今乃归于余，得无有明珠投暗之叹邪。

《消寒新咏》

我不喜看戏，却常收集些梨园史料，此殆如足迹不入狭斜者之读《板桥杂记》《南浦秋波录》乎。近日得《消寒新咏》四册，乾隆乙卯年刊，题三益山房外编，以时代论，仅后于《燕兰小谱》十年，亦是极好资料。数年前张次溪君编刊《燕都梨园史料续编》，所收只是目录，似其书不多见。全书四卷，卷一二为正编，选优伶十八人，以花鸟比其声色，分题合咏，为消寒之计，故名。卷三为纪实，就诸伶擅长之戏，加以诗评，所举以正编十八人为限，此外复选京中诸大班旦色，为卷四曰杂载。每人每篇先有短序，往往比诗更有意思，令人有买椟还珠之感。作者三人，曰“铁桥山人”，姓李，案：即李沄，山阴人，曰“石坪居士”，姓刘，曰“问津渔者”，姓陈，又有讷道人等十一人时贤佳作，汇为集咏一卷，附刻于后。这里边最有兴味的，我觉得是第三卷的纪实，因为如正编杂载那种写法，许多同性质的书大抵如此，若是咏剧的诗似乎还不多见。本来观剧诗古已有之，金桧门三十绝句最有名，王朱皮叶诸家和作共有二百馀，见于《双梅影闇[①]丛书》。宣瘦梅《三十六声粉铎图咏》为《申报馆异书四种》之一。棠梨馆主何青耜有《戏寄》一卷，诗一百首。但是这些只是以剧名为诗题而已，其注重伶人技术者，恐只此《新咏》一卷，此外则《日下梨园百咏》吧。《百咏》一册，光绪辛卯天津石印书屋印，钱江醉薇居士著，目录上每一戏题均注明戏角姓字，又或系以堂名小字，虽品评不详备，但亦有史料的价值，与普通观剧绝句有异。此诗又有一特色，即是百首皆是五言八韵的试帖诗，亦是仅见。不佞曾搜罗[②]清代试律，昔得铭岳所著《咏物全韵》抄本，分咏北京儿戏玩具共三十首，陈其泰编《宫闺百咏》，诧为试帖中珍品，今得此册，乃鼎足而三，更可喜矣。

【锺校】

①“闇”原作“盦”。

②“不佞曾搜罗”，“佞”原作“佞”，“搜”原作“蒐”。

《河渭间集选》

《河渭间集选》[1]十卷，钱价人撰，魏耕序。此书一见似亦寻常，偶于北京市上得之，却甚可珍，亦可喜也。案：杨凤苞《秋室集》卷一钱瞻百《河渭间集选序》云，嘉庆甲戌戴比部金溪得之吴山书肆，不知瞻百出处，介许武部周生以问余，为据旧闻疏其大略以复之。钱瞻百为允武族人，与魏雪窦为友，及康熙辛丑允武为孔孟文首告，瞻百亦为吴之荣所构，谓其连络山海，妄思吹烬，为之主谋，至壬寅二月三人遂同及于难。集中纪年至己亥止，是刻成未几而被祸，故流传绝少。杨君在百二十年前已如此说，余今乃得见，不可谓非眼福矣。魏雪窦遗文除此集序外恐已无有，《集选》诗题常及魏氏，卷二有《春暮拟陶和雪窦》，惜原诗不可得见。《竹垞文类》卷三有

【锺校】

① “河渭间集选”，原作“河渭集间选”。

《梅市逢魏子》诗,《曝书亭集》卷六亦载,列在上章困敦即康熙庚子年,题改作“梅市逢魏璧”。

案:《海东逸史》卷十四忠义一,魏耕原名璧字楚白,甲申后改名。一死一生,交情未变,朱十亦是君子也。前清康熙乾隆两朝禁书,不知总有若干。文字狱古已有之,阅《乌台诗案》,其情形亦颇相似,惟乾隆中因修四库书,搜查禁毁,其数乃尤多,咫进斋虽有重刊书目数卷,尚不完备,安得有笃学之士,仿安阳谢氏《晚明史籍考》之例,肯以数年辛苦,搜编为清代禁书考,其有功于学问当非浅鲜。惟此等书籍不堪为贾人所利用,若凭此以为居奇之证据,则吾辈书生反将大受其害。寒斋所有《河渭间集选》,即以坊刊禁书目中不曾列名,故尚能以平价买得,如同时所得之蒋玉渊编《清诗初集》,便不能如此矣。

《圭庵诗录》

近代写刻书籍中，林吉人之三部作与沈芥舟之三跋最有名，几尽人皆知矣，钱泰吉《曝书杂记》卷一《明文在》条小注云：

> 秀水朱梓庐先生《小木子诗三刻》《梓庐旧稿》为同邑辜启文书，仿柳诚悬体；《壶山自吟稿》嘉兴陈寓新縈书，用文衡山体；《俟宁居偶咏》为先生兄子声希吉雨书，体兼颜赵，亦吾乡一佳刻也。

又徐兆丰《风月谈馀录》卷三云：

> 《心向往斋和陶诗》二卷，曲阜孔宥涵先生继鑅所作，吴让之先生为手录付梓，可称双璧，余曾得初印本，乱后失之，今所传者皆翻刻本矣。

此二书寒斋幸皆得到，雨窗兀坐，时一展览，亦殊可喜。但此外一二小册，虽不是有名的书，亦可算作一类，觉得颇有意思。其一是《叶石农先生自编年谱》，本文自称则曰《跛奚年谱》，咸丰五年刊，高均儒书。叶君著作我只有一册《跛奚诗法浅说百篇》，乃是试帖诗入门书，上有朱批圈点，书贾云是梁鼎芬笔，亦未能详。年谱半页八行，行十六字，共二十八页半，读之顷刻即尽，惟字甚肥大悦目，高君手迹亦可重也。其二是《圭庵诗录》一卷，题叶背面云，“光绪五年己卯正月，萇斋校刊韬庵写本”。圭庵本名吴观礼，仁和人，我不知其生平，诗又所不懂，此一册书七十二页，有诗二百七十首，翻开看时实在只是看陈伯潜写的字而已，此盖与说茶热得好无异，但是没有别的法子，盖假如我不是为的看所刻的字，则此诗集就也未必买也。后来又见秦树声自笔写刻的《乖庵文录》，体杂行草，颇觉虽致，但是笔画似乎太细，不甚好看，所以未曾收存。

《诗经新注》

数年前买得《日本古典丛书》本《万叶集品物图绘》二册，是《毛诗名物图说》一流书，第二册卷首解题追记中说及此外还有山本溪愚的《万叶古今动植正名》，就《万叶集》《古今和歌集》中所有名物加以考订，也是很有价值的书。我便留意搜求，不久也收得一册，乃是著者死后二十三年纪念出版，全书不分卷，但分列草竹木鸟兽鱼虫等十部，共计二百五十二品，附绘图二十九幅。山本溪愚世为儒医，精通本草学，善绘画，所图画动植凡千四百幅三千馀种，皆极精美，又能诗文，著有《对竹斋诗集》及七经解，俞曲园先生见之，曾贻书称其能诠明古学，真有志之士也云。动植图惜未得见，惟寒斋有《蠕蠕集》二册，一为《百虫诗》五十五首，山本鸿堂著，即溪愚之犹子，二为《百虫画》，自蚕至蚯蚓凡六十六图，竹川氏模写溪愚原画，木板着色，其他各种虽云将续刻，似未实现，故遍觅不可得。经解只有《诗经新注》一种三卷，铅印三册，明治癸卯出版，著者是时年七十七，即以是年卒。真下氏跋言先生兼精于本草，鸟兽虫鱼草木之名无所不识，辨识名物诚为新注之一特色，其说诗亦时有新意，如绪言末条云："盖尝论之，诗之三体，颂不及雅，雅不及风，以其益文而远于质也。"卷端有拟小序，以《野有死麇》《静女》《桑中》《采葛》《大车》《丘中有麻》《山有扶苏》《褰裳》《丰》《东门之墠》《溱洧》《东门之枌》《东门之杨》为淫诗，云孔子所尝删去，再入选中者，盖淫哇之诗常存于口碑，如《玉树后庭花》在盛唐犹存是也。于《静女》注中又云，"此盖秦火散佚之馀，学者欲存三百篇之数，所谬混入也。"虽孔子删诗之说现已知不可信，惟其解说亦复新颖可喜。自言三世遵奉朱子之学，然及注经，"其所可疑者不敢回避"，此种学者态度甚可佩服。余虽非经生，惟四书五经曾经读过，其中对于《诗经》与《论语》一知半解，时常翻阅，得山本氏《新注》，亦颇有用处。前日偶从东京得真下氏著溪愚山本章夫先生小传，见所载犬樱黄鸡二图及著作目录，因记寒斋所有诸书，由《动植正名》而归结到《诗经新注》，亦是奇缘也。

《尔雅义疏》

郝氏《尔雅义疏》余最初所得为同治丁卯郝氏家刻本，末有刊误一纸，可知是早印者也。次得咸丰丙辰聊城杨氏刻，即同治本所从出，此二者皆是足本。后读殷礼《在斯堂丛书》中《尔雅郝注刊误》，见罗振玉序盛称王念孙删本之善，因再求得道光庚戌沔阳陆氏刻本藏之，即木犀香馆本，有石印本未见。叶德辉《郎园读书志》卷二，有陆刻本《尔雅义疏》二十卷，云五本之中杨胡本希见，次则陆刊，此即陆本也。叶氏记此时为民国己未，今又过十馀年，寒斋却能全都得到，亦正可喜。至于删本与足本二者孰优，此问题未易一口断定。据陆本陈奂跋，删节出王氏手当无疑义，服膺王氏之学及主张谨严者推重固是当然，但或以为新说假设不妨多有，又或著者原意多宜保存，亦均合理。若如家刻本郝联荪跋中所云，先大母临终犹谆谆以亟觅原本为诫，则婉佺夫人亦未满意于节本也。但以形式论，鄙意以为陆刻本最佳，清疏悦目，为各本所不及。陈氏跋叙著者自道其治经之难，云漏下四鼓者四十年，常与老妻焚香对坐，参证[①]异同得失，论不合，辄反目不止，语甚有风致，此亦《世说》中之好资料也。邵氏《尔雅正义》昔曾有之，惟见《释虫》果蠃蒲芦注下仍主化生之说，私意甚不满，亦备品而已。去年又得一部，白纸早印，清洁疏朗，为望江倪氏旧藏，有大雷经锄堂藏书及倪模诸印，卷中《释宫》以下朱批甚多，大抵有所纠正，此亦不愧为二云之诤友也。

【锺校】

①“证”原作“征”。

《山海经释义》

小时候在书房里读书，虽然背得很熟，后来大抵不感到什么兴趣，但是自己随便看的却时常想起，即使是极平凡的书也觉得特别有意思，《山海经》便是其一。那时最初见到的《山海经》不知道是什么版本，总之是极粗糙的坊刻，中本黄纸印刷，每半页一图，雕刻拙劣，但心甚喜爱，其中龙首马蹄的“彊良”图像至今还清楚的记得。以后又见过仿佛是广百宋斋的一种石印本，图用红绿套印，亦是中本而半页有四图，殊不明晰，故记忆不清，此两书均早已失去，不复可踪迹矣。经过了三十年之后，重新再买《山海经》来看，却是别一路的东西了，如毕秋帆的《新校正》，郝兰皋的《笺疏》，都是纯正的学术书，没有图像，吴志伊的《广注》虽说有图五卷，现在却也不见，汪双池的《山海经存》石印本有图，但是重描得不好，觉得还不如坊刻粗本尚有古拙之趣。最近所得有王德徵的《山海经释义》，明万历丁酉年刊，在今三百四十馀年前，有图七十五页。据《四库总目》卷一百四十四“小说家类”存目二云，是书全载郭璞注，崇庆间有论说，词皆肤浅，其图亦书肆俗工所作，不为典据。案《山海经》多记怪物，毕氏书序虽力说未尝言怪，亦只是唯理的解说，未足凭信，因此图多怪相正是当然，即使根据唐宋人画本，也未必便足为典据，所可重者只是古耳，今《释义》本在我所见已是最古之图，虽出自俗工亦无妨碍也。《郑堂读书记补逸》卷十六云，是编就郭景纯注本，于每节后各为之释义，词多肤浅，于经注无甚发明，间有驳及经文，尤为乖谬。

此评语盖本于《四库存目》，别无新意，惟特别提出驳及经文，是已能知《释义》之要点，但持与毕郝诸氏之书相较，则明清学风不同，自难以并论矣。《释义》郭璞序后蒋一葵识语中有云，景纯语怪专信物，德徵语常专信理。此语极得要领，盖《释义》非笺疏而是批评，往往反驳经语为不可信，其实此唯理主张与毕氏本无二致，但与经生家法不合，为郑堂所不喜正是难怪也。我颇喜《释义》的话，但也更爱那些俗工的画，《海内经》云南方有神曰延维，人首蛇身衣紫衣，大为王君所笑，而其图观之亦复有趣（惜未画紫衣），盖论事理应疾虚妄，若作小说看时，姑妄言之姑听之，正亦不恶也。

《容膝居杂录》

《容膝居杂录》六卷，昆山葛芝著，自序云丁巳年六十矣，为顺治十四年，书则是康熙初刊也。葛字龙仙，崇祯时诸生，书中记乙酉春曾至绍兴访刘念台，又多说及徐俟斋，共有五六处。卷三中《论志墓之文》云：

> 及吾之生存，当求吾友俟斋先生为作一传。余六十年中排纂生平行业，作纪年录，已成书矣，亦不欲出之以示俟斋。盖俟斋知吾深，但须凭空结撰，必能得吾精神意思之所在也。

同卷中《记轶事之一》云：

> 姜行人如须鼎革后隐于吴中，一日与徐孝廉昭法酒间相谑，姜忽送一纸于徐云，“桓温鸱张，尚有枋头之败”，以昭法名枋也。徐不假思索，立答一纸云，“项羽虎视，不免垓下之亡”，以如须名垓也。坐客绝倒，叹为风流蕴藉。

罗叔言编《徐俟斋先生年谱》中则引《池北偶谈》载：

> 姜吏部垓南渡后流寓吴郡，与徐孝廉枋善，一日行阊门市，姜顾徐曰，“桓温一世之雄，尚有枋头之败”；徐应声曰，“项羽万人之敌，难逃垓下之诛”。相与抵掌大噱，市人皆惊云云。

罗氏按语云：

> 如须先生卒于顺治十年，乙酉以后五年居吴，而先生乙酉以后前二十年不入城市，后二十年不出户庭，宁有抵掌吴市之理，此记事之小失实也。

不佞拿出《池北偶谈》来查看，乃遍觅不得，恐怕是在渔洋山人别的著书中吧，一时也不及再查。葛龙仙与徐昭法既相知甚深，所记当可信凭，渔洋山人得之传闻，又加以藻饰，遂不免有失实处，盖酒间原可在山在野，不必一定在阊门市也。寒斋未有《居易堂集》，不知其中有葛君所云之传在否？又年谱注中说及葛瑞五，疑即葛芝之字，亦未能明。葛君与顾亭林同时同县，而书中不一提及，则因顾氏北游不返，或不相知也。

《柯园唱和集》

《柯园唱和集》不分卷，序一页，本文百十六页，题《柯园十咏》，王衮锡首唱，主人沈檩元五和之，此外和者五十二人，共得七言绝句五百八十首。鄙人不解诗，读之亦觉得无甚好句，但是对于此集感到兴趣者，则以柯园乃是沈园故址故也。作序者亦为王衮锡，为谑庵居士之孙，署戊戌秋，盖是康熙五十七年。序中云，柯园在蠡城东南，墨莲桥之阳，地接稽山，巷隔深辙，沈子宜士卜居焉。末又云，或云柯园地即沈园旧址，陆放翁梦游处，果尔，此十咏数百篇恨剑南不及见之。《越风》卷九沈檩元条下云：

> 沈翁家有园亭，在春波桥畔，放翁逢其故妇诗，曾见惊鸿照影来，即此地也。少时觞咏其下，有和主人柯园诸景诗。内一方池澄泓，可鉴毫发。

今案十咏之二为淡影池，殆即此。各诗注云，相传青海鲁公见魁星于此，或云，人有十影，至四五则乱，数尽者大贵。又云，额系王山阴先生书，案即谑庵也。惟商宝意云曾和诸景诗，查集中并未见，但有商元柏，则是宝意之父，案宝意生于康熙四十年，在戊戌才十八岁，或者觞咏尚在其后，故诗亦遂未得刻板欤。《越风》记王衮锡著有《十三楼诗集》，沈槱元有《柯亭诗草》，陶元藻《全浙诗话》引录，寒斋有安越堂校本，改亭为园字。惟同书又引杨鲁藩《国朝诗话》，称其著有《吹竹集》，据《贩书偶记》卷十五，原书名《柯亭吹竹集》，初二集共九卷，则似柯亭字不误。集中余石帆诗注亦称主人为柯亭，当系其别号也。

《荆园小语》

少时在族人处见石印小本《笃素堂外集》，借读一遍，颇觉可喜，倏忽已是四十馀年，更求得而读之，则石印不精，近始获一木活字本，语亦平平，有似儿时果饵，再尝亦殊不甚甘也。读《荆园小语》，却觉得颇佳，胜于《聪训斋语》，此比较亦难细定，大旨岂不以艰难与安乐所处之异故耶。《荆园小语》向为世所重，多刊入丛书中，最近者为平步青之《葛园丛书》，光绪癸未年刻，有汝南常抱杞序，即平氏别名。中有云：

> 《葛园丛书》类取浙东先正暨师友遗著，今开雕《小语》旧本，颇讶重复可已，读至第二十八条，《冬夜笺记》所采者，憬然作而喟曰，嗟夫，意在斯乎，何闵人之深也。

此序今收入《安越堂外集》中，《小语》第二十八条论《金瓶梅》，序文则指《野叟曝言》之翻刻，所谓抱杞盖即此耳。寒斋得平氏门人杨宁斋藏本，《小语》全本有圈识，末录识语云：

> 癸丑徵君年五十五，则当生于万历已未，端愍甲申殉难，徵君年二十六耳，杜门课弟，发名成业，此卷尤为修齐之要，岂第幼学指南。仆幼时先大夫以此诲读，谓一切格言善书无不赅括，读此可无须更读他书，守之终身可也。今年予亦五十有五，徵君之品诣万不敢望，其学亦岂能涉其万一哉。丙戌嘉平三日，霞外人。

此文未发表，但于此可以看出重刻《小语》的意思，更为明了。乾隆中平原张予觉辑录先正嘉言，可与《小语》互相发明，或足备参观者，分条笺注，名曰《荆园小语集证》，分为四卷，至咸丰七年始由张氏后人刊行。修养之书，有人为作笺证，事不多有，可知此类书中《小语》之独为人所重也。张氏《集证》意见多通达，可供阅览，惟征引不著所出，不但有失传述之本意，亦并减少读者之兴味耳。

《三不朽图赞》

张宗子岱著《有明越人三不朽图赞》，不分卷，寒斋所得最早一册为乾隆乙卯慕村余氏印本，末有白文印曰“栋山读过”，盖是平景孙旧物。此外有一本似是后印，而内容次第与目录稍不同，“立德”忠谏之五徐龙川公像前别有一幅，后署族裔孙迪惠仿遗像重摹。

案徐迪惠字鹿苑，上虞人，嘉庆戊午举人，故此本应是庚辰板归朱氏后所印，唯末无朱松山跋，不知何也。朱端侯校勘语于徐龙川像上批云，此像不准，予有徐氏藏本，戴五岳冠，执笏，项有锁，下注族裔孙迪惠仿遗像重摹，此乃真像，若是则古剑老人所称沿门求像，其真确乎否，抑未能遍也。案所称徐氏盖即徐鹿苑之诸孙文若，住东郭门内徐立刚故室内，为会稽廪膳生，民国初尚存。古剑老人求像未能真与遍，此殆不能免，如姚长子本乡曲穷民，死于寇难，岂能有遗像可得哉。光绪戊子山阴陈氏重刊此书于湖北，改窜失真，殊不足取，唯图像尚可看耳。

民国七年王子馀以铅字重印，文字一仍陶庵之旧，且收录平景孙李越缦二家校语，甚为有益，像有铜板，令李元昉缩小摹写，不脱真容气味，殊不可耐，王君亦是有识者，何以乃有此失也。十二年又印三板，校正误字外，并加入李越缦跋及朱端侯校勘语，唯铜板则愈益模糊矣。

宗子著作，此外寒斋所得有：《梦忆》八卷，乾隆甲寅又道光壬午巾箱本，均王见大所刻，粤雅堂重刊本，"砚云甲编"一卷本。《西湖梦寻》五卷，康熙丁酉本，光绪丁氏重刊本。《古今义烈传》八卷，天启年刊，惜有一卷抄配。《史阙》十五卷，道光甲申郑氏刊本。《琅嬛文集》六卷，光绪丁丑王氏刊本。《琅嬛诗集[①]》不分卷二册，光绪辛丑虞山周氏抄本。《评东坡和陶诗》一册，汉阳朱氏抄本，署戊子冬，胤字缺笔，当是乾隆之三十三年，后附宗子补和二十四首，书眉亦有评语，或是王白岳等人手笔耶。

【锺校】

①"诗集"原作"集诗"。

《萝庵游赏小志》

《李越缦杂著》抄本一册，从杭州书店得来，内为《萝庵游赏小志》《霞川花隐词抄》《乐府外集》，共三种。书面题龙集光绪二十有四年九月霞庐主人志庾甫假傅氏抄本录竟题面，朱文长印曰太原公子，内又有印曰志庾珍藏。卷首附粘任秋田手札，文曰：

志庾仁仲如握，月前由润田交到《越缦堂杂著》一册，见系手钞，足见恣意文囿，孟晋无量。记此三种曾于都门奉读一过，假钞未果，今复展诵，弥觉寻味不置。间有校讹处订正处，笔之简首，请阅后一印证之，即撕去可也。手此鸣谢，藉颂著祺，不尽缕缕。愚小兄塍顿首。

审其语气，当是师弟关系。案任君《倚舵吟》遗稿章琢其跋语中说及王君子馀，为昔日门下士，然则志庾即王子馀世裕无疑。王君关心越中文献，曾于《绍兴公报》社印行《文献辑存》书第一二辑及《越中三不朽图赞》，此稿云从傅氏传录，或是节子原抄本欤。

《霞川花隐词》刻入《二家词钞》，《乐府》有萧山钟氏刻本，《游赏小志》仅由番禺沈氏刊入《晨风楼丛书》甲集，铅字光纸，脱误满目，今得此本，据以校正，佳处甚多，共改正百三十馀字，添小注九处，又本文一则，差可披诵矣。任秋田批注八条，最重要者为第四，文云：

破产一节是先生恨事，曩在都谈次，每裂眦言之，然余以为事关前定，即不结社不交一人，未必不破家也。烟云过眼，付之太空最妙。此注似亦可删。秋田注。

案此盖指壬子二月条下原注，断断诉比匪破家事，似当时读《小志》者多注意及此。《越缦堂日记补》壬集，同治壬戌十月二十三日项下录有复潘伯寅书，起首云：

顷奉手谕，并蒙掷还《萝庵小志》，奖饰逾恒，遂使腐札回荣，枯词溢润，语林未出，见赏庾郎，本论初成，折衷叔夜，方之鄙作，深愧昔流，虽知过情，能无感发。承示志中宜删一节，具承风义，勉我古贤，刻状虺蛇，诚污简牍，当如来旨，即事芟除。

但以后接叙二周前事，凡费四百馀言，岂独裂眦，且复切齿，其无意于删削注语，盖已显然可知矣。

《天籁集》

吕善报《六红诗话》卷二云：

> 康熙初钱塘郑扶羲旭旦[①]撰《天籁集》，计诗四十八首，自序谓如来趺[②]莲台，矢四十八愿，度一切众生脱离苦海，读是集者，当作如是观。余细读之，词虽鄙俚，饶有奇趣，其书不甚流传，余偶于友人胡松坪大宇处见之，摘录数首以见大凡，正不得以小儿女嬉戏之词少之也。

此书光绪丁未有活字小本，题郑旭旦评，又有卷二则署钱塘悟痴生编，初意二者皆是今人，及见诗话，乃始省悟。集中所录皆是江浙间通行童谣，什九与现今相同，可知是诚实的集录，未经文人加点，故可贵也。其评语则颇有唱经堂意味，中有数处对于缠

【锺校】

①“旦”原作“且”。
②“趺”原作“跌”。

足加以痛骂，当初亦疑为留学生口吻，今乃知是康熙时人语，盖其时思想界亦颇有新气象，故曾有禁缠足与废八股文之事，非是偶然。近又从杭州得同治壬戌芝秀轩刻本，有许之叙许郊二人序跋，得见原书面目，甚为可喜，惟序中只云郑君旭旦，不及扶羲名，未知诗话何所依据，或康熙刻本如此作欤。活字本所据当即是芝秀轩本，惟原有郑君自作序跋各一篇，今只有跋而无序，又误郑为陈，疑或是据传抄本乎，殊未能明了也。商嘉言《莽亭诗草》卷十有诗云：

> 八月五日风雨舟中读郑扶曦先生《天籁集》题后：万木响刁调，扁舟一叶飘。两间自天籁，千古乃童谣。情最苍苍重，魂都恋恋销。有心人不见，风雨正潇潇。

小注云：

> 首自序云，将质之苍苍者。末自跋云，恋恋于中而不能已也，故及之。先生自谓古之有心人。

此诗作于嘉庆庚辰，可知其时所见本序跋俱存，诗话则编定于嘉庆甲戌，相距才五六年，似尔时《天籁集》原本尚有流传，但至今日而同治重刻本乃亦甚稀有矣。

《越妓百咏》

壬午年中从杭州书店得安越堂平氏藏书十馀种，其中有红格抄本两册，皆杂录诗词，以会稽韩氏作为多，计所记时日大抵在乾嘉之交十七八年间，卷首为嘉庆癸亥韩慕樵与侄予良书，末有平景孙题字五行。册中所抄多极凌乱，惟其中有九页首尾完具，题曰《越妓百咏》，下注云，自壬戌起至戊辰止共七年，萼桴氏未定草，后附《吴妓二十咏》，亦萼桴作，末有《题越妓杂咏诗后》二首，署名鸿轩氏。案抄本中韩汝韡[1]，亦名袓，字萼不、萼桴、鹤夫，韩昂字鸿轩，又字芸沚、耘子。曾见《胭脂牡丹尺牍》六卷，道光乙巳年刊，题韩鄂不著，因知其人盖是游幕者，韩昂亦有嘉庆戊午新城官署与王楷堂唱和诗，可以为证。吕善报《六红诗话》卷三云：

【锺校】

①“韡”原作“鞾”。

会稽韩萼桴汝韡与从兄鸿轩昂集王次回句为无题七律各八十首，较张云轩制所集多至十倍，真奇观也。萼桴诗以清丽为主，佳句如：帘额寻香飞凤子，墙腰抛箨长龙孙，春日偶成句也；天遥万里杳无迹，人静一村微有香，月下寻梅句也；禅关悟道心偏淡，闺阁吟成姓也香，咏柳絮句也，皆不让元人。

此百二十咏本系游戏之作，中多狎亵语，亦正是狭斜恶少之本色，惟在诗中却甚少见，又因此得知其时越中游女之姓氏与人数，不失为绝好史料也。《越缦堂日记补》丙集，咸丰丙辰六月初七日条下记夜中微行，三叩夜度娘家，虽记述简略，差可比拟，此外则不易寻找矣。六七年前题张亨甫《南浦秋波录》有云：

近来想稍收集关于冶游之书，而既不专精，又复吝啬，结果自然是不能大有所得，但就所有书中看去，则此册要算是最好的一种，文情俱胜，《板桥杂记》或在其次耳。

《百咏》只是七言绝句一百首，别无记述，岂足与名著抗衡，但艳史所记都是堂子里的事，而此则是一府城里的私门子，正是极难得的记录，在寒斋旧书中甚值得提出来一说者也。

《妄妄录》

偶买得《妄妄录》十二册，卷首有王季烈题记一页，文曰：

《妄妄录》十二卷，朱海撰，海字蕉圃，吴县人。此书作于乾隆五十八年甲寅，自序云，头颅渐老，多病多愁，行将与鬼为邻，则非少年之作可知。至道光十年庚寅付刊，观凡例语气，其时作者尚生存，是已寿逾耄耋矣。笔墨修洁，可资劝惩，记吾吴琐闻，间亦有关掌故，其姓名不载方志及诸生录，殆毕生潦倒，落魄天涯，以终其身者欤。卷首有道光壬午闽抚叶世倬序，自称乡同学弟，叶字子云，上元人，乾隆间举人，道光间抚闽，服官甚久，所在以兴教化美风俗为己任，作者与之同学相友善，则亦非庸庸之士矣。然生前既沦落不遇，死后遂姓名翳如，吁可悲矣。此书刻本罕见，今春祝椵行在后，游京师海王村肆见之，索值甚昂，余以乡先生之著作，不忍释手，费十锾得之，携以归里门，询之纂修县志之诸君子，无有知其人与书者，因记之于此。宣统辛亥后二十年，春王正月既望所得，阅三月，螾庐记。

案朱氏自序中有云，效坡仙谪黄州时故事，日强人说鬼，绝不作治生计，半年来妄言妄听，并追忆旧闻，随笔记十二卷，名曰《妄妄录》，神仙诡幻之事不载，惟鬼则记之，盖士不得志，笔下即有神，亦当化为鬼耳。故王君重其为吴郡文献，在不佞则取其专门说鬼，颇足为欲知鬼之情形者之参考，此类资料搜集不易，乃为可贵也。如卷二《河水鬼》一则，记溺鬼化为坛浮水面，诱人拾取，指入坛口遽被拖住，是时水发腥气。又卷三《溺鬼喜豆[1]》一则，言在武林曾见有夫溺于河，妻以炒豆为祭品，散之溺所，佥言溺鬼喜食炒蚕豆，亦奇。此类记录尚不少，皆可甄采。惟书中嬉笑怒骂亦多有之，如卷三《鬼公子》一则，似系故意造作以骂人者，所云汪近涛即是江声，江字鲸涛，文中明言其苦攻《尚书》，又书小札或购物开账必用篆字，所记与钱梅溪抵牾或系事实，至于

【锺校】

①“溺鬼喜豆”原作“溺喜豆鬼”。

受鬼公子种种侮弄，则当是著者所编造，盖即从文字上亦可以看出痕迹。至卷七之《报怨鬼》，丑诋汪容甫，但化名为汪蓉圃，乃尤为显明矣。

（癸未九月二十日）

《吴歈百绝》

三十六七年前在东京旧书店买得顾禄著《清嘉录》十二卷，日本天保八年（清道光十七年）翻刻，记吴中一年间的风俗，觉得很有趣味，其中多引蔡云《吴歈》，亦多佳作，不知共有若干首。后来又搜得蔡云《吴歈钞》二卷，天保五年刊巾箱小本，即从《清嘉录》抄出者，上下卷共得七十四首，以为蔡氏之作尽于此矣。近来于无意中收得原本《吴歈百绝》一册，乃是全本，末有同治十一年石渠跋，云道光初其诗文集已刻，乱后散失，今据抄本重刊。案蔡氏《月令》卷首有小传，记所著有《月令》两卷，《癖谈》六卷，《借秋亭制艺》，诗文集不及《吴歈百绝》，或者原系诗集中之一卷欤。《清嘉录》刊于道光十年，意其时所引即据《借秋亭集》本，惜只采其四分之三，又原诗均有小注，录中亦不及引，今得见原书，极可喜也。《吴歈钞》所缺诗共二十六首，计春秋各七，冬夏各六，其中颇多有趣味之作，如春之二云：

潜投红刺姓名轻，安步时防裂爆惊，

深巷乱鸡更迭叫，村童结队卖芦笙。

注云：

俗甚重贺岁，然非素相习者，止以名刺投门隙，甚无谓也。群儿聚嬉，爆声连路。芦笙吹以娱小儿者，葭管箬簧，饰成冠羽，名曰叫鸡。

又其九云：

耍煞儿童十数天，夺魁入阁快争先，

铮铮排户投琼响，半掷床头压岁钱。

注云：

夺魁谓状元筹，入阁谓升官图，小儿局戏，以骰掷者。除夜将睡，以钱掷小儿女枕边，名压岁钱。

写新年风俗，兼及儿童生活，殊有情致。传称其家居酒一棬[①]，书一卷，或篆刻小印，摩挲古泉以自娱[②]，盖其人亦是很有风趣者也。

（十月末日）

【锺校】

①“棬”原作“卷”。

②“摩挲古泉以自娱”，原作“摩抄古泉以有自”。

桑下丛谈

小引

余生长越中，十八岁以后流浪在外，不常归去，后乃定居北京，足迹不到浙江盖已二十有五年矣。但是习性终于未能改变，努力说国语而仍是南音，无物不能吃而仍好咸味，殆无异于吃腌菜说亨个时，愧非君子，亦还是越人安越而已。偶见越人著作，随时买得一二，亦未能恣意收罗，但以山阴会稽两邑为限，得清朝人所著书才三百五十部，欲编书目提要，尚未成功。平常胡乱写文章，有关于故乡人物者，数年前选得三十篇，编为《桑下谈》，交上海书店出版，适逢战祸，未知其究竟，今又抄录短文为《桑下丛谈》一卷，只是数百字的笔记小品，但供杂志补白之用耳。古人云，浮屠不三宿桑下，恐发生留恋也，鄙人去乡已久，而犹喋喋不已，殊为不达，深足为学道之障。二十七年冬有诗云：

禹迹寺前春草生，沈园遗迹欠分明，

偶然拄杖桥头望，流水斜阳太有情。

旧友匏瓜庵主人其时在上海，见而悯之，示以诗云，斜阳流水干卿事，未免人间太有情。此种缺点非不自知，但苦于不能改，或亦无意于改。二十六年九月寄废名信中云，自知如能将此种怅惘除去，可以近道，但一面也不无珍惜之意，觉得有此怅惘，故对于人间世未能恝置，即虽亦是一种苦，目下却尚不忍即舍去也。桑下未必限于故乡，由此推广正亦无边，惟乡里自当为其起点耳。

民国癸未三月八日。

《越言释》

《越言释》二卷，茹敦和三樵著，余求之二十馀年，共得两本。一啸园葛氏刻巾箱本，凡有两部，以其一赠钱玄同君，二原刻大本，书两卷不分别上下一二，惟灯之卷居前，筷之卷次之，与啸园本正相反，不知何也。巾箱本有道光己酉杜竹庄序云，周君一斋读而悦之，缩为巾箱本，重梓单行，啸园刻本即从此出，或上下分卷尔时即如此耶。一斋公于余为从曾祖行，幼时犹及见其子揆初公，惜所刻书不可得见，盖毁于太平天国之乱，江浙间道光咸丰年刻书常极难得，殆过于雍正乾隆本，即以此故也。

《越谚》

范寅啸风著《越谚》卷上《谣谚之谚第七》“九九消寒谣”云，头九二九，相唤勿出手。注云，越呼揖人为相唤，勿出手者冷也。案作揖古有唱喏之称，绍兴称相唤正是此意，如何唱法今虽不可知，唤则犹可解，盖昔时相见必互唤一声，家族中虽不揖亦如是也。陈训正《甬句方言脞记》云，对揖俗称相欢，谓通欢意也，可知宁波亦有此语，惟其解说疑未确，当以唤字为正。又《骂詈讥讽之谚第十六》中有东瓜雕猪寨一语，注云诡随。幼时常闻祖母说此语，文稍繁而意亦更明显，设为二人应对之词云，冬瓜好雕猪寨么？好雕的，好雕的。猪要吃的罢？要吃的，要吃的。盖讽刺随口附和，不负责任者也。寨即是槽，家畜的食器，据《越言释》写作寨，若冬瓜本极普通，今作东瓜，当是范君改写，以《五代史》为准欤。

绍兴少鱼

徐珂仲可著《可言》卷十有一则云：

> 绍兴今为鱼稻之乡，而宋时少鱼。庄季裕《鸡肋编》，越州在鉴湖之中，绕以秦望等山，而鱼薪难得。谚云，有山无木，有水无鱼，有人无义。里俗颇以为讳，言及无鱼，则怒而欲争矣。

案谓越少鱼薪，此事不可信，谚语只是如天上九头鸟等，用以相谤者耳。但有人无义一语实确，此则不必争也。尝读《国语》，见《越语》下记范蠡答王孙满之言曰：

> 昔吾先君固周室之不成子也，故滨于东海之陂，鼋鼍鱼鳖之与处而蛙黾之与同陼，余虽靦然而人面哉，吾犹禽兽也，又安知是谗谗者乎。

此天下之无义人也，宜为天下人所骂，然而也很伟大，古今竟无第二人，不佞畏而敬之，不敢骂也。若后世庸人们满坑满谷，旁人遂以骂范少伯者骂之，虽亦不能争，然而其细已甚，则又是另一回事矣。孔行素著《至正直记》致慨于鄞不知耻，越薄如纸，又引例云，吾侄婿袁氏子无情尤甚，若非世人类者，其妄诞谲诈，浙西未尝见之。此等细人世常有之，惟人或与遇见或不遇见，亦有幸不幸耳。

绍兴城门

《可言》卷一引丁修甫著《小槐簃诗稿》，有句云，杭城十门未游遍，忽忽行年将大衍。余十三四岁时曾住杭州两年，往来多过候潮门，此外则清波门最耳熟，常听妇女子提起，用以骂人，盖其时法场在清波门头也。绍兴城旧有九门，据尹幼莲《地志述略》所举俗称如下，即东郭，都泗，昌安，西郭，偏门，南门，稽山，五云，雷门是也。前六门皆是水门，平时拜岁扫墓都曾走过，馀乃是旱门，雷门早封闭，今只馀地名罗门坂耳，五云俗呼作吴市门，茹三樵云即梅福故迹，稽山门则是至禹陵会稽山之要道，出入尤频繁，不佞居越中不甚久，十八岁后流浪于外，近来且有二十馀年不曾归去，然而城门却都已走遍，即此可以傲丁君矣。此诸城门中最系怀念者为东郭，不但与祖居相近，时常出入，其地亦特僻静，每当黄昏时入城来，城楼半废，墙上满生薜荔，四望荒凉，城内与城外如一，颇有诗味画意，非南门等所能有也。昌安偏门等水门外别有旱门通行，南门独否，出城者须趁渡船，官设不取资，东郭则沿城门有石塴，可以步行，出门即渡东桥，相传第三洞下流水是神仙水，又为明末余武贞先生殉难处，惟后人都已不甚了了，只于大旱时至桥头取水以供茶饭而已。

东昌坊

偶阅毛西河文集，见其题罗坤所藏吕潜山水册子云，壬子秋遇罗坤蒋侯祠下，屈指揖别东昌坊五年矣。余家世居会稽东昌坊口，其地素不著名，今知罗萝村盖曾居此，亦可喜也。东昌坊口为十字路，迤南有桥曰都亭桥，北曰塔子桥，有唐将军庙及墓，即狙击琶八者。口之西为秋官第，未尝考秋官为谁，东则是覆盆桥，亦不知中间以何为界，吾家位置近西半，称东昌坊口周家，若老屋与三味书屋寿宅相对，则均称覆盆桥矣。由吾家东行约五十步，折西南曰张马桥，过桥为绸缎巷，或云元作柔遁巷，意当有其故事，今亦不可考。覆盆桥之东即是春波桥，俗名罗汉桥，北岸有禹迹寺，寺前小石碑记季彭山故里等字。沈园遗址在其左近，徐承烈《听雨轩馀纪》中有文记之，盖曾身历其境，故所言翔实，惟所云大禹像高尺馀，余未能见到，深为可惜耳。

茭与莲

《嘉泰会稽志》卷十七草部，“茭”下有云：

> 其柄又可为菹，甚美，越人谓之藕梗，其实茭柄耳。

案今绍兴不闻吃茭柄，亦无藕梗之称，七八百年来风俗改变盖已多矣。小时候在秋深菱已将了时，舟过菱荡，偶抽取菱蓬少许，归家摘去叶及茎间海绵似的小块，取梗瀹熟，拌糖醋食之。此乃以菱蓬为菹，亦已忘记有何名称，茭柄吃法，想亦如是乎。又“荷”下云：

> 出偏门至三山多白莲，出三江门至梅山多红莲，夏夜香风率一二十里不绝，非尘境也，而游者多以昼，故不尽知。

所记殊佳，此景今已无有。出偏门至三山，儿时随祖母往鲁墟去，正走这条道路，但不曾见过莲花，盖田中只是稻，水中亦惟有大菱茭白，即鸡头子也少有人种植矣。杜荀鹤《送人游越》诗：

有园皆种橘，无渚不生莲。

《宝庆会稽续志》云可谓越之实录，至今却已只剩得一半，园中种橘之风尚稍存留耳。

烧鹅

阅《清河书画舫》，在王羲之项下说他写经换鹅事，想起小时候常听人说王羲之爱鹅，此事妇孺皆知，殆因右军曾官会稽故耶。

绍兴人常食鹅，平常在食品中其品格似比鸡鸭为低，但用以为牲则尊，年末祀神于猪肉外必用鸡二三鹅一，春秋家祭时之三牲，则只是鸡与猪肉干鱼而已。春时扫墓例必用熏鹅，略与烧鸭相似，而别有风味。孙德祖著《寄龛丙志》卷四叙孙月湖款谭子敬：

> 为设烧鹅，越常羞也，子敬食而甘之，谓是便宜坊上品，南中何由得此。盖状适相似，味实县绝，鹅鹅者乃得此过情之誉，殊非意计所及。已而为质言之，子敬亦哑然失笑。

鹅鸭味虽迥殊，不佞有安越之意，则宁取鹅鹅者，鸭虽细滑，无乃过于肠肥脑满，不甚适于野人之食乎。但吃烧鹅亦自有其等第，在上坟船中为最佳，草窗竹屋次之，若高堂华烛之下，殊少野趣，自不如吃扣鹅或糟鹅之适宜矣。

杨梅

《嘉泰会稽志》卷十七“杨梅”一条云：

方杨梅盛出时，好事者多以小舫往游，因置酒舟中，高饤杨梅，与樽罍相间，足为奇观。妇女以簪髻上，丹实绿叶繁丽可爱。又以雀眼竹筐盛贮为遗，道路相望不绝，识者以为唐人所称荔枝[①]筐，不过如此。

小时候常闻人说杨梅山，终未能一到，但到者亦只是饱吃杨梅而已，未必置酒饤果，至于妇女簪杨梅者更无有矣。装篮馈遗，此风至今未泯，儿童最为欢喜，胜于送西瓜也。

不佞去乡久，对于乡味无甚留恋，惟独杨梅觉得无可替代，每见草莓即洋莓上市，辄忆及之。杨梅生食固佳，浸烧酒中一日，啖之亦自有风味，浸久则味

【锺校】

① “枝”原作“支”。

在酒中，即普通所谓杨梅烧，乃是酒而非果矣。吾乡烧酒其强烈自逊于北方之白干，但别有香气，尝得茅台酒饮之，其气味亦相似，想亦宜于浸杨梅，若白干则未必可用，此盖有类燕赵勇士，力气有馀而少韵致耳。洋酒不知何如，窃意如以好勃兰地酒浸杨梅，经一宿食之，味必不恶，惜无从试之也。

越王峥

《越缦堂日记》第七册，同治丙寅四月十九日条下，记诣越王峥欧兜祖师道场事，云：

案府县志，欧兜祖师为至正间人，本卖菜佣，悟道不娶，入山一年即化。

而越人讹称为懊恼祖师，云本钱唐卖鱼者，因妻有所私，愤而出家，传有“扳竹乌鸦叫，钱唐门不开，懊侬出门去，欢喜进门来”一诗。毛西河《越王峥寺田碑记》言师以元至正间从钱唐来，其师雪庭授以橙，属曰，当向月行，即越峥隐语也。

越王峥今俗呼为玉皇峥，峥读若场去声，橙曰新会橙，末字读若场，故橙峥音可通，西河记文盖亦非越人不能解耳。欧兜不知何义，世人转呼为懊恼，义似较长。放下菜担，悟得大道，亦是佳事，但留下漆身，供人瞻礼，或摸索求愿，落得个不干[1]净，岂不是懊恼乎。杨王孙裸葬[2]，固近于偏激，但是死不如速朽，儒者有言，和尚所应当赞可者耳。

【锺校】

①“干”原作“于”。

②“葬”原作“卧”。

李越缦诗

《白华绛柎阁诗》十卷，光绪十六年刻，而印书似不多，市价乃踊贵。近年杭州抱经堂朱氏书肆觅得旧板，重印行世，字画完好无缺，且卷首多有平步青撰传一篇，尤为可喜，可见新印本有时亦较旧者为胜也。传后有自记八行，中有云：

> 君尝言文非予所长，最为知己。自闻恶耗，雪涕沾衿，即思为诔及哀辞，以舒四十五年同案之悲，苦不成一字，江郎老尚才尽，况不通如予乎。

语颇诙诡，李君如地下有知，亦当干笑，平步青这样写了，王继香亦遂刻在诗集里边，都不愧为达者，俗人便不能知道这些，以为不雅驯，乃抽去不印，如不是此次旧板新印，我们将不知有此一回事矣。甚矣，俗人之误事，而旧书之后印本亦有时会用用，不可一笔抹杀也。

飞升

偶阅《剑南诗稿》，卷二十七寄方瞳胡先生诗有注云："古仙人飞升皆在五岳名山，故人少见者。"放翁盖是长者，故其言如是，与千一百年前同郡人王仲任语相比较，更觉得有意思。《论衡》卷七《道虚篇》中论淮南王飞升之虚，有云："夫人，物也，虽贵为王侯，性不异于物。物无不死，人安能仙？鸟有毛羽能飞，不能升天，人无毛羽，何用飞升？使有羽毛，不过与鸟同，况其无有，升天如何？"又记李少君称得道，终乃病死，推论之曰："如少君处山林之中，入绝迹之野，独病死于岩石之间，尸为虎狼狐狸之食，则世复以为真仙去矣。"其言甚深刻，大有师爷笔法。不佞系学儒而少兼佛者，故不愿败长厚者之意，若私心所喜者，乃是王君疾虚妄之精神，窃以为最可尊贵也。

陶方琯

山阴胡寿颐著《洗斋病学草》，卷下有诗题云《间壁艳妇未起》。有序曰：

> 余友陶伯瑛孝廉方琯，年未三十，以攻苦得心疾，犹日课一文，数上公车，或惘惘出门，只身奔走数千里。今病益剧，忽喜吟诗，稿中有是题，同人无不大笑。孙彦清学博闻之醉骂曰，古人命题往往粗率类此，何足怪，设出老杜，诸君赞不绝口矣。余谓题虽俚，着笔甚难，效颦一咏，纾情而已，大雅见哂弗顾焉。

案《病学草》刻成于光绪甲申，寒斋有陶方琯著《梅花吟》一卷，自序题光绪丁酉，则已是十三年后，其时尚健在，疾亦似稍好。诗为五律六首，七律六十首，序语亦寻常，惟号已改为樗亭而非伯瑛矣。据《复堂文续》中《亡友传》，陶方琦没于光绪甲申，年四十，计至丁酉当是五十三，方瑄是时恐亦将近六十了罢，所谓心疾或是神经衰弱，三十年来想亦渐轻减，洗斋所记殆只是一时的情状也。

《南园记》

奭良著《野棠轩摭言》卷三《言文》中有一则云：

> 陆放翁为《南园记》《阅古泉记》，皆寓策励之意，今之人使为达官作文，不能尔也。韩败，台评及于放翁，不过以媚弥远耳，亦何足道。而后人往往讥之，虽曲园先生亦为是言（见《茶香室四钞》）。先生至为和平，持论向为通允，此盖涉笔及之。袁子才独不尔，信通人也。

前见陈作霖著《养和轩随笔》，有云：

> 大抵苛刻之论，皆自讲学家始，而于文人为尤甚，如斥陆放翁作《南园记》，亦其类也。

当时甚服其有见识，今奭氏所言则又有进。讲学家好为苛论，尚只是天资刻薄而已，若媚权臣，岂不更下数等耶。士大夫骂秦桧而又恶韩侂胄，已反复得出奇矣，在数百年之后还钻弥远，益不知是何意思。憩叟揭而出之，诚不愧为通人，或当更出随园之右也。[①]曲园先生持论通允，而论放翁未能免俗，盖因和平故乃不克为直言以忤世俗耳。

【锺校】

① 本篇刊《庸报》时此下文字为："古人云，殷鉴不远，在夏后之世，是为读史的正途。向来文人不能这样作，却喜欢妄下雌黄，说千百年前人的好坏，我想这怕不是书房里多做史论的缘故么？外国人做文章便不听说如此牵引史事，譬如英国克林威尔，法国那颇伦，总算史上有名，而且好坏都有可说的了，却并不那么常见，未必是西洋人的记忆力差，殆因未曾学做策论之故吧。无论看哪一部史书，不要视为文料或课题，却当作自家的事看去，这其中便可以见到好些处令人悚然，是即所谓殷鉴，尔时虽不能惧思，也总无暇写厚于责人的史论矣。"

若耶溪

王渔洋著《居易录》三十四卷，虽有人谓其步趋《文昌杂录》，似未免可笑，而文章简洁可读，故是清代说部中之佳者。但疏漏处自亦未能免，如卷二十七中一则云：

> 越中若邪溪亦云若耶，邪于遮切。宋《九域志》云，徐浩游若邪溪，曰，曾子不居胜母之间，吾岂游若邪之溪？因改为五云溪。是读作邪正之邪，类恶溪矣。

案《颜氏家训·文章篇九》云：

> 梁世费旭诗云，不知是耶非，殷沄诗云，飘扬云母舟。简文曰，旭既不识其父，沄又飘扬其母。此虽悉古事，不可用也。

上文又引里名胜母，曾参敛衿，盖忌夫恶名之伤实也，可知徐浩呼若邪正作于遮切，忌其义与胜母相类，此邪即是费旭诗中之耶，与耶娘字同音，故若邪犹云像爹耳。今若邪溪早已改名，绍兴城东北隅却有此地名，路旁有沟宽可二尺，不曾见有流水，不知何以不填塞以便出入，俗呼为辣茄溪，则又真读作邪音，第一字盖从茄音而联想得来，故由日而变为来纽耶。

东昌坊薛五

书估以《六红诗话》四卷见示，山阴吕善报著，索价甚昂，以其为乡贤著作，遂收得之。卷三摘录张宗子《快园道古》九则，其一云：

苏州太守林五磊素不孝，封公至署半月即勒归，予金二十，命悍仆押其抵家，临行乞三白酒数色亦不得，半途以气死。时越城东昌坊有贫子薛五者，至孝，其父于冬日每早必赴混堂沐浴，薛五必携热酒三合御寒，以二鸡蛋下酒。袁山人雪堂作诗云，三合陈醑①敌早寒，一双鸡子白团团，可怜苏郡林知府，不及东昌薛五官。

案此亦东昌坊之一故实也。城中今少混堂，惟大坊口桥头有一家，小家新郎于结婚前亦往其处洗浴，不知明末如何，或距东昌坊更近处尚有浴堂乎。

【锺校】

①“醑”原作“希”。

踏桨船

欧阳昱《见闻琐录》前集卷四“造船”条下云：

> 中州周沐润，名进士也，宰苏州常熟县。时寇氛满地，米价日昂，大军驻上海，信息难通，周乃创造脚带船，日往上海报米价。其船长仅丈馀，广仅三尺馀，篷高仅二尺馀，内仅可卧二人，不能坐，坐即攲侧，驾船者在船头，亦卧下，用两脚踏棹行，棹长约七八尺，一踏即行二三丈，昼夜可行二百数十里。

案此言踏桨船似是而非，似得之传闻，未曾目睹者，又谓始于周文之亦未可信。此种小船盛行宁波绍兴一带，当是向来旧有，文之特利用之以通苏沪消息，后遂传讹以为周所创始者耳。徐珂《可言》卷八记杜山次语，江伯训权知山阴时，以事赴乡，辄棹划舟往，划舟小如叶，舟子坐舟尾，以足推桨使进，乘者可坐卧，不可立。此写踏桨船不误，而名亦不合，越中有划船乃无篷者，一人或三数人用楫进舟，不用桨，乡间妇女皆能驾使，非若踏桨船之须专家方可也。同书卷十一引屠倬《是程堂集》题沅江村店壁诗，有云，深山昼啼山鹧鸪，划船拍岸呼卖鱼，十八女儿坐船尾，脚踏双桨如飞盂。谓清乾嘉间踏桨之事有以女子任之者。案据此可知周文之始作之说之非真，唯踏双桨似不可能，实亦只一桨一楫，屠琴坞诗人故如此说耳。

【补记】　案陈画卿《勤馀诗存》卷四《海角行吟》中有诗题曰脚桨船，小注云，船长丈许，广三尺，坐卧容一身，一人坐船尾，以足踏桨行如飞，向惟越人用以狎潮渡江，今江淮人并用之以代急足。其时为咸丰辛酉，陈君山阴人，习知踏桨船，故说明不误，江淮采用亦当始于此时也。

《蕉轩摭录》

《蕉轩摭录》十二卷，山阴俞梦蕉著，旧有《申报》馆活字本，因系越人著作，故欲搜求其原刻，通行木刻多是咸丰年刊本，今得一部，乃道光元年刊，当是最早之本矣。活字本有顾丙辉序及自序，均署嘉庆乙亥，案即嘉庆二十年，而刻本中尚多韩廷辉乙亥序，孙光照丁丑序，潘樾题辞七绝三首，沈潮七古一首，例言四则，活字本均无之。又活字本载题词七绝四首，下署失名，刻本则有印章二方，盖即是韩廷辉作耳。俞梦蕉不知其名，今见刻本自序后有墨色印文二，朱文曰梦蕉，白文曰国麟，又每卷题签上均钤一白文朱印曰俞国麟篆，可知此本尚是作者自藏之书也。

《摭录》似系模仿《谐铎》之作，而思想庸陋，文章亦未能超脱，不佞之搜求实惟以乡曲之见故耳，而道光刻本颇佳，翻看一过，比校看活字本时印象要好得多，不但序题有多少不同已也。由是可知板本与内容甚有关系，铅字石印虽是便利，但终不能悦目，故只是便于携带与检查，若为细读久藏起见则仍以木刻为宜，而刻之先后与精粗亦殊重要，未可稍忽视也。

松花粉

《蕉轩摭录》卷十二“松花”条下云：

> 吾乡每于春服既成后，入山采松花作粉，色黄味甘，啯之他物无其美也。

案《越谚》卷中饮食部中有松花粉，注云：

> 山松春花，黄细如粉，樵采，入面粉，清香，仙家味。

松花粉平常多和入米粉中为糕干，名曰松花糕干。又糕店作小麻糍如鸡子大，中裹糖馅，外涂松花，名曰松花小鸡，小儿甚喜食之。民家则用以和糯米粉，搓成小团，汤瀹加糖，味最香滑，俗称松花团团，读若土圆切，盖是无馅的汤团，其名字或者亦即从此转出也。其只就长条摘成小块，不搓圆者，名曰毛脚团团。陈年松花粉夏日以扑小儿身体，治痱子颇良，比天花粉为佳，但不易得耳。

独脚魈

《蕉轩摭录》卷十“独脚魈”条下云：“吾乡竞传独脚魈之异。独脚魈弗厌贫富，第悦其色，或妇女有美色，独脚魈必营求长物以济其家，妇女为所私，亦秘弗言也，然久久终欲去，去则持一账簿，计算其入，仍聚[①]而去。”

《越谚》卷中鬼怪部独脚魈注云：“俗传女鬼来奔求淫，亦能致富，是否陆游诗独脚鬼。”

案独脚魈相传均谓是男鬼，范氏所说独异，《越谚》别出五圣菩萨，注云：“俗传男鬼淫妇致富，事类《龙城录》五通神。”二者其实原是一种，也都是男性，原是出于男子好宿娼的心理，推及异物，只是不知怎的分了等级，或尊之则称曰神曰菩萨，或卑之则称曰魈，此与普通用了爆竹惊走的山魈盖无涉，至于独脚的原因亦不可知矣。

【锺校】

①“聚”原作“众”。

梅树牌坊

叶腾骧著《证谛山人杂志》卷三云：

越州西郭门外五里许有梅树牌坊一座，历数百年矣。石柱石梁而木心，木甚古，中偃卧老梅，作淡黄色，枝干峭劲，磨不磷，洗不灭，每岁腊月亦开花，逾时则隐。夏初亦结实，梅熟时复隐去，或升梯扪之，无有也。乾隆初夏月疾风迅雷甚雨，石柱折，乡民修整之，旋有道人在坊下默诵移时，不知作何语，亦不解其何意，然自此不复开花结实矣，而古干犹挺然存焉。余少时在家数经其地，见坊中梅树似画非画，似纹非纹，勃勃有生气，而又不在木面，木质亦终不朽腐。又西郭门外洞桥，桥石甚坚固，有一石蟹夜夜离水蚀之，桥旁之石已成坎窞，居民之早起者往往见之，蟹色晶莹如玉，见人即沉于水，好事者多方捕之不获，此亦足怪也。

案牌坊在西郭门外河沿，其地即称梅树牌坊，民国六年顷家居时尚见其屹立如故。横坊上现淡黄色彩，如梅株，仿佛亦具槎枒，惜无人为模写或照相也。牌坊或是明时物，意其上必尚有文字可稽考，开花事已无传。但云梅树系昔年雷电所印，说或近似，坊亦非是木心，大抵仍是石质，惟或因电火而变色耳，传者故甚其词，但后来亦不闻此说矣。

陈念二

《证谛山人杂志》卷五云：

陈念二者山阴下方桥人，偶忘其名字，世业医，称为妙手，远近就医者不绝。尝语人曰，死生固有命，然所以致死者，一死于医，一死于药。医方不对症者死，对症而药不道地，及炮制不如法者，虽对犹不对也。于是乃设药肆于门首，亲自炮制，不敢以药误人，有贫乏者就医不受礼，并以药施之，全活者甚众。十年之间家道日隆，其子崛起举孝廉。

案陈念义之名亦见于俞万春之《荡寇志》，俞为嘉道间人，盖与叶氏同时。绍兴民间流行之目连戏中，活无常说白有云：

看个是何里个郎中，下方桥个陈念二啦倪子。

可知此说白之起亦当在嘉道时，其时盖陈正有名，其子由医入于儒，老百姓富于诙谐，故以此调之，遂相沿至清末不改。近来不知乡间尚有目连戏否，此活无常口中之陈念二乃将不可考矣。

溺鬼

孙德祖著《寄龛甲志》卷四云："《续新齐谐》云，溺鬼必带羊臊气，信然。"

因举半塘桥茹氏园池溺死数人，云惟时皆闻水有羊膻，不出三日果溺人，平时未尝有也。又《丙志》卷二云："俗传妇女以不良死者，其鬼所至当有脂粉气。"

此两种俗信今尚存在，脂粉气盖因妇女之故，意思可解，羊膻则不知何故，岂民间以河水鬼为异物，虽鬼而近于水怪，仿佛又似兽之一种欤。方旭晓卿《蠹存》上云，鬼作纸灰气，惟水鬼作羊臊气。孙彦清袁子才方晓卿皆浙江人，说皆一致，不知他处亦有此说否。以上所说大抵亦只是原则而已，各鬼出现时未必一定每次如此，盖述者如不记得则也就不提及以为点缀也。

古今俗语

嘉泰《会稽志》卷十七草部菰菜下云，今谓之茭首，盖茭心生苔，至秋如小儿臂，其白如藕，而软美异常。又茄下云，一名落苏，越人乃止谓之落苏。木部柿下云，会稽谓之椑，故有油椑马蹄椑。鱼部虾下云，越人谓杜鹃曰社豹，社豹啼时渔人卖小虾，名社豹虾。案今绍兴称茭白茄子柿子，并无茭首等名，越中不见杜鹃，鸟中亦无称社豹者，小虾极细者名糊虾，与糊鱼相对，亦不闻呼社豹虾也。嘉泰至今已七百五十年，或者语言不无改变，陈仅馀山著《扪烛脞存》卷八《方谚脞》有一条云："越俗谓新妇为女婶，其泛相呼则曰婶，稍年长者曰老婶，音女裙切，见毛西河《古今通韵》。"毛氏《越语肯綮录》第五条说此更详，云是会稽甬上二郡方音，不佞反复寻思，却想不出类似语来，岂近二百年中又倏已消灭耶。今越中女人称呼，人妻贵家称太太，民家则云太娘，姑称其媳曰大娘，妓曰小娘，但泛称又有太太们，乃别于室女而言，无复敬语意味，越语无们字，此盖外来语，犹云堂客也。

糊鱼

俞国琛著《风怀镜》，为朱竹垞《风怀诗》作注，凡例之十云：

注书之难，陆剑南早已言之。余按《风怀诗》外另有《食鲘鱼》一首，起四句云，白小休论小，奇珍信可珍，炎天来积雪，入馔总如银。白小，面条银鱼，见《金壶字考》。竹垞此诗作于顺治己亥，是年客越中，则所咏之鲘鱼正指吾郡昌安门外之鲘鱼而言。

盖鲘鱼最白最细，见于端午后，今浙西人游越每津津道之，乃杨孙两家之注咸引《尔雅》，以为似鳊而大鳞，肥美多鲠，最大长三尺者为当鲘云云。无论绍兴夏日并无大鳞多鲠三尺长之鱼名鲘鱼，即万一有之，则起首五字白小休论小竟作何解？若竹垞以三尺者为小鱼，必且以吞舟者为大鱼矣，顾可入馔耶，岂不令人失笑。不玩字句，惟填故实，一诗之注如此，他诗可知。又按鲇鱼今俗写作糊鱼，言烹熟时如面糊搅成一块也，于义亦通。

案：范啸风著《越谚》卷中水族类写作鳠鱼，注云："细多如糊，四五月出山阴大桶盘湖中，放面食极鲜。"

其实此只是糊鱼，《尔雅》之鲇乃是鲫鱼，鳠则似鲇而大，二者虽同有糊音，而决非长不及半寸之白小，甚为明显。老百姓不读《尔雅》《说文》，其命物名，如不是世俗相沿不可解的称呼，大抵就所闻见取材，读书人纪录时加以古雅化，或反失之，范君通人且亦不免，他无论矣。

素火腿

王渔洋《香祖杂记》卷六云："越中笋脯俗名素火腿，食之有肉味，甚腴，京师极难致。"

案：越俗以炒花生与豆腐干同食，名素火腿，传说金圣叹临刑遗书说此事，云此法若传，死无恨矣。所谓笋脯只简单的称笋干，不闻有何别名，或是京师人所锡与之佳名欤，亦未可知。

【附记】 王渔洋谓笋干俗称素火腿，案：张宗子《琅嬛诗集》咏方物五律有兵坑笋干，注云土名素火腿，然则昔时原有此称，惟近已不甚闻知矣。校正时记。

吴越语相同

顾张思雪亭著《土风录》卷五云：

旧《苏州府志》，刺猬，注云，俗名偷瓜窨。按窨当为窟字之讹，窟音血，凿穴居也，以其好窃瓜，常负以入穴，故名。窨音杳，目深貌。

案：吾乡呼刺猬正作刺窟，《越谚》卷中禽兽部有𪕢獝，注云，次血，猬也。此未免好奇之过。又《土风录》卷十一云：

贵重曰值钱，轻贱曰不值钱，钱音如田，于小儿亦然。见《史记·魏其侯传》，灌夫云，生平毁程不识不直一钱，直与值通。乐天诗，荆钗不值钱。

案：越中称爱抚小儿尚云值钱，惟读如成田，又作云为字用矣。吴越语相同处盖极多，杜荀鹤诗云，去越从吴过，吴疆与越连，念之良然也。

莫元英

清宗室遐龄著《醉梦录》卷上《记莫疯子》云：

莫切崖元英行七，浙江山阴县人也，其人古貌古心，不修边幅，见人辄跪拜不已，虽仆役亦然，以此人皆以莫疯子呼之。然其学问渊博，凡医卜星相堪舆之术，以及诗古文词，无不通晓，尤精于医，多不循古方，寓京师已三十馀年矣。

此亦於越之一奇士，惟乡人知之者盖已甚鲜。录又云：

诗不多作，曾记其一联云，五月杨梅三月笋，为何人不住山阴，其不克还乡之苦况，已露于言表。

久居燕山，而不忘杨梅与笋，此意甚可了解，不佞亦素有此感，近时北方虽有笋来，但终无鞭笋及猫笋，洋莓只可与桑葚相比耳。录称莫君没于咸丰甲寅，去今已将九十年矣。

门档灰

王绍兰著《许郑学庐存稿》卷四，《〈示儿百六字〉恭跋》中有云：

> 忆不孝八九岁时，居洛阳署后院，院旁有小门，其门两扇，皆有横档数层。不孝一日用手攀援，足随以上，至最上层，失足堕地，血流被面，吾母急取门档灰敷糁其上，蒙以绸帕，府君见之叹恨良久。

案越中常用门档灰为止血剂，闻宜昌友人张君言，鄂中亦如此，可知通行甚广，亦有用衣袋中所积贮之棉屑者。小时候又见有血忌药，色微红，用药拌炒石灰为之，颇有效力，药名已不记，惟云其中须用初生未开眼小鼠，亦不知真否也。

鸣榔

杭大宗《订讹类编》卷六引施愚山《矩斋杂记》云：

> 诗词多用鸣榔，或疑为扣舷击楫之说，非也。榔盖船后横木之近舵者，渔人择水深鱼潜处，引舟环聚，各以二椎击榔，声如急鼓，节奏相应，鱼闻皆伏不动，以器取之，如俯而拾诸地，饶州东湖有之。吾乡泰州湖内或击木片长尺许，虚其前后，以足蹴之，低昂成声，鱼惊窜水草中，然后罩取，亦鸣榔之义。

幼时随祖母住鲁墟，常闻渔舟击木声，盖沉网水底，驱鱼入其中而取之，俗称赶棒槌头鱼，所获似多系细鳞，不忆有佳鱼入馔，云得自棒槌头鱼者也。古人诗中之鸣榔则不必定是捕鱼，因本非渔人，或只是击舵旁横木，与扣舷同意，亦未可知。

《越中金石记》

《越中金石记》十卷，山阴杜春生编录，道光十年詹波馆刊，因印本流传不多，市价颇高，曩得一部，在二十金以上。近年得见新印白纸本，末有陈遹声吴隐二跋，吴跋署己未仲秋，盖是民国八年，有云：

> 是书以道光庚寅付梓，距今九十馀年，传本稀如星凤，乡邦之雅故，翰墨之伟观，惧其久而失传也，拙藏有初印精本，爰与同里陈丈蓉曙，吾宗善庆，集资重付剞劂，以广其传，阅数月而工竣。

似是近日重刻，而翻阅书中断烂处比比皆是，因知此实是原板新印，非新刊也。其实修补旧板印以行世，亦何尝不是好事，如会稽徐氏之小李山房本《札朴》是也，今观漫漶之处并不补正，虽自称新板，实则一目了然，即欲欺近视者亦不可得。《四库简明目录标注》卷五，《观妙斋金石文考略》下云，道光丁酉盛氏印本，原雍正中刊本，盛氏得其板片，诈为重刊，正是同一的例，此等事盖亦古已有之也。

王见大本《梦忆》

《陶庵梦忆》“砚云甲编”本一卷，王文诰本八卷，皆乾隆中刻，王本重刊入“粤雅堂丛书”中，时则咸丰己卯矣。近从杭州得王氏巾箱本，有王文诰道光壬午序，云甲寅雕板已失，爰重授之梓，惟原刻纯生氏案语已悉不存。昔读《复堂日记》，云《梦忆》以王见大本为最佳，初得甲寅本以为是矣，今始知乃是指此本，盖壬午序自署王文诰见大，甲寅本则只题叶有一印，白文曰见大二字而已。

余所得者为海宁邹存淦氏旧藏本，有印章六枚，第七八卷系邹君手抄，后有题跋。邹君又著有《修川小志》一卷，手稿未刊，余亦从杭州得之，中有浮签署男寿祺谨补，乃知其为邹适庐之先德。丁丑兵火延及两浙，故家图书多散失，偶从估人购得一二，间一披览，但有怅惘，惟邹君手泽于无意中乃获得数品，亦是有缘可喜慰也。

春波桥

《平定浙东纪略》一卷，五知书屋藏本，书签云著者无名，惟查第五叶有附记署康熙戊辰，云右先子日记也，末云先子讳自远，字子望，会稽县儒学生，自称不肖男易，不知其姓。书记甲寅耿精忠攻浙事，前五叶自远所记，后十四叶则易所续成。七月十三日纪事云，日晡贼从南门渡河攻稽山门，门做僻隘，又城垣多倾颓处，不足以守，乘城者咸股栗，知府许弘勋介马疾驰，亟命燃炬运石堵塞，并撤春波桥以遏其冲。案春波桥在东郭门内禹迹寺前，据此则稽山门外亦有此桥也。又其后叙归顺者多人，小注云，其伪官姓名爵里载在《保越录》，兹不具录。元末徐勉之著有《保越录》，傅节子有校刊本，此录不知何人所撰，亦未知此书曾见著录否。

龙虎瓦

三十年冬在北京得瓦当拓本，文为龙虎各一，右题字曰，“汉仓龙白虎瓦”，又二行曰：

> 瓦旧藏吾乡王氏，咸丰庚申假拓数本，光绪庚辰复于故纸堆中得此，先后二十一年，中遭寇难，尚未散亡，幸焉。㧑叔记。

印白文曰赵之谦印。傅节子《华延年室题跋》卷中有《题汉龙虎二瓦》云：

> 龙虎二瓦金石家罕见著录，此本乃赵㧑叔明府手拓见贻，藏之二十年矣。㧑叔少余三岁，幼同里闬，潜心汉学，书画篆刻尤有盛名，以孝廉议叙县令，需次江右，叠权紧望，乃甫登荐剡，遽归道山，惜哉。

案罗振玉编《秦汉瓦当文字》卷四画瓦类第一图青龙瓦，文与此正同，但稍大耳，注云齐吉金室藏，白虎则别是一枚，图样工整，与龙相称，疑所载四灵原是一组也。此虎笔画简略，圆目屈尾，状甚诙诡，在瓦中或当属罕见之品欤。

南齐造象拓本

近日得旧拓《维卫尊造象铭》一纸，下左有题字二行曰："子重先生鉴，南齐造象海内只此一石，㧑叔持赠。"石隙着朱文小印二，文曰"稼孙所拓"，一直一横，下朱文印一曰，"与石居主人玖聃清玩"，裱装右侧二印，朱文曰"专祖斋"，白文曰"大兴刘铨福家世守印"，下端白文印曰"桱之"，左侧题字二行云："石今存浙江馆，此会稽赵益甫赠大兴刘子重本，同治初元旧拓也，甲辰腊月，震旦第一山樵玖聃记。"白文印曰"朱九丹"。案此石佛在绍兴五云门外塘下金，民国五年余曾亲往拓得数纸，朱记称存浙江馆自系误传，但现今何在则未可知耳。此魏氏拓本成于同治三年，据《绩语堂题跋》"书汉三老碑后"云："同治丙寅正月四日游法相寺，拓南齐石佛背字，㧑叔皆为题记。"距余拓时已是五十年前，自更可贵，比校读之，甚易明了也。

沈桐生

民国初年沈桐生在绍兴自称大书家，门前立大旆，闻其写字时用力极大，每写一笔，辄呻呼以足顿地，传以为笑。近阅张在辛著《隶法琐言》，署雍正五年七十七岁，自述康熙辛未学书于郑谷口，有一则云：

初拜郑先生，即命余执笔作字，才下得一画，即曰，字岂可如此写。因自就坐，取笔搦管作御敌之状，半日一画，每成一字必气喘数刻。始知前辈成名原非偶然。

因此知沈君所为亦非无据，惜所作字极笨重，不似谷口之飞跃跳动，可见大匠之规矩虽可遵循，而才力所限，其巧亦不能必至也。

冯黔夫

张鸣珂《寒松阁谈艺琐录》卷四云：

> 冯黔夫世定，山阴人，游幕章门，善画山水，每署款必在石壁上。谓予曰，此摩崖也，若空处即天，岂可写字。语奇而确，予颇赏之。

绍兴师爷中向来颇多奇人，惟大抵偏倚，如徐文长可以称祖师，金冬心袁子才则过江支派也。天空不可写字，此于山水画固绝确切，其实乃是所谓死话，特借此以保留必需的空白，不使画面狼藉难看，亦是甚有用也。

叶柳亭

从杭州得旧册页若干开，有一纸云：

一秋闲过风雨日，三客癖成书画诗，

剩有床头[1]半瓶酒，不妨潦倒菊花时。

丁亥九秋苦雨，与华亭陈少逸逸、山阴叶柳亭青夜话于止止轩，柳亭口号此绝，次句盖谓陈善画，余工书，而已豪于诗也。一时狂态，书而志之。句曲笪以烜晓山甫识。

朱文小印曰晓山。又一纸云：

竹声花影透疏怀，尊酒清宵事未偕。

梦即有因还费解，诗虽□[2]意欠安排。

玉关杨柳愁飞将，金屋芙蓉醉艳娃。

计取前生太常便，仙前供奉礼清斋。

【锺校】

① “床头” 原作 “床酒”。

② □为原缺字。

计隶书三行半，其下小字夹行云：

此旧友柳亭诗隶也。忆岁丁亥随任柯桥，负笈舟山，从拜亭夫子学诗隶，见同砚柳亭此咏，爱而属其作隶，而其人豪放率略，诗书不惬意辄弃之，此其一也。劫馀灰剩，基儿拾得，执以为请，爰缀数言，以志故人手笔。友姓叶原名青，号柳亭，更名盖，号发山，山阴湖荡人。诗题忆似“春夜书事”，第四①句脱无字，同治乙丑嘉平十二日，志于萧斋，不禁为之黯然。晓山氏。

白文小印曰以烜。案丁亥为道光七年，距同治乙丑二年已将四十年矣，其间经过洪杨浩劫，区区纸片竟得保存，叶君虽名字翳如，而诗书手迹得以流传至今，不可谓非幸事。商嘉言《葊亭诗草》卷十四有《枕上口占待示柳亭同学》七绝二首，时为丁亥四月二十六日，商君已疾革，可知为其得意弟子，惟此外材料不复可得矣。

【锺校】

①“四”原作“五”。

陶七彪

近日得陶七彪尺牍十二纸，字体怪异，纸墨暗敝，不易按读，却亦有致。陶七彪为清末绍兴名人之一，世竞传其能造陶公柜，渐益神异化，谓从小柜中能抽绎布置成一小舍，设备悉具。薛炳朗轩为作传云，所作有陶公柜陶公床，美国人笃大哥林司赏誉之，亦未能详其形制。尺牍有一纸，上文缺，云“弟去年创造陶公床陶公柜，床柜一人可以肩挑，轻便仍复结实，制造秘法即当续写”。似亦只是折叠轻巧，未必甚奇，惟下文又云：

> 弟拟造铁鹰，离地升举，高瞻远瞩，东西南朔，随意所之，此事功费浩大，弟寄图式往泰西格致机器两院，彼都人士之有（六字缺）能按图仿造，此鹰一出，实有益于国计民生，不徒与西儒斗巧争工也。

下缺，署名“愚弟陶在宽顿首，己丑二月二十二日申刻”。据此书可以考见其制作之年为光绪戊子，即西历一八八八年，其时泰西已多有人热心于航空，惟其实现亦至二十世纪初始见有头绪，此中铁鹰之说未免有过于浮夸处，殆未可尽信。但陶君在举世方沉迷于时文小楷之时，有志于形而下之技工，壬辰尺牍中又见其书有英吉利文字，则其见识超出凡众，亦自可佩服也。

杨花

恐高寒斋刊《历朝七绝正宗》一册，宛平袁励准选，民国壬申年序，蓝印小本，每半页六行，行十三字，精致可喜。所选诗凡一百首，作者自唐王翰至清李慈铭共七十人，李诗选两首，其末章为鉴湖竹枝词之一，文云：

家家门巷正啼莺，取次轻阴间嫩晴，
满院杨花人不到，秋千撩乱作清明。

诗自当不恶，惟此亦只是说诗境耳，若说鉴湖则实少此景象。说来未免有似高叟之固，但只谈风物而非说诗，当亦无妨。越中杨颇少见，读诗常见柳絮榆钱，而实物难得遇见，若满庭蓬蓬如飞雪，或大小数团沿阶乱滚，在北方乃有此景。又秋千亦绝少，小时候在绕门山东湖学堂仿佛曾一见，惟亦只从舟中远望见之耳。城内无松树，离山又颇远，而春时松花粉随风飘扬，往往入水缸中，水面现鹅黄色，此系实景实事，未知有人咏入诗中否，因其非是既成的诗料，或恐未必有此机会也。

骑猫狗

孙德祖《寄龛丙志》卷四云：

越俗患顽僮之好狎畜狗若狸奴而或为所爪啮也，曰，骑猫狗者娶妇日必雨。患其好张盖而敝之也，曰，非暑若雨及屋下张盖者躯体不复长。皆投其所忌，缪为之说以惧之，然寻常鞭挞所不能止者，无勿帖然不敢犯。

王筠菉友《臆说》中云：

故老相传，教戒小儿女之词曰，不出门而写水，出门必遇雨。非诚遇雨也，以水向门外写之，在己为惰，又恐适有过者污其衣也。然戒惰则乐于勤于少，污人又小儿所喜为也，不如惧以遇雨之为直截也。

此二节语皆有致。孙君又引《淮南泛论训》曰，

见不可布于海内，闻不可明于百姓，故因鬼神禨祥而为之禁。世俗言，飨大高者彘为上牲，葬死人者裘不可以藏，相戏以刃者太祖軵其肘，

枕户橉而卧者鬼神跖其首，此皆不著法令，圣人所不传。

其说明今不具录，大旨与上文所言相似。民间俗信固未必能悉下唯理的解释，惟此数事说当可通，若涉及小儿者则教戒之意自更易见，孙王二君之言盖亦可信也。

胡小二

山阴吕善报《六红诗话》卷四云：

南之南词，北之鼓儿词，只足以娱村夫妇孺，若少有知识之士，便不屑听，以故操斯技者绝无雅人。会稽胡嗣源秀才文汇，幼工韵语，稍长即善唱南词，点窜旧本，都成妙文，名满士夫间，皆谓可与昔柳敬亭之说书、苏昆生之昆曲鼎立，然不事生产，晚境颇窘，而耽饮好洁之性愈甚。

案此所谓南词盖即越中之平调，又称平湖调，或是从湖州传来者耶。唱者无专业，大抵为平人或大家子弟之游惰者，近于北京之子弟书，世称平调先生，招请者须相当敬礼，饮食亦必精洁。当时擅此技者不乏人，惟没后皆身名翳如，胡秀才殆是唯一人矣。叶腾骧《证谛山人杂志》卷四有“胡小二”一则，记述更详，亦更琐屑有趣，文云：

会稽胡小二倜傥不羁，好修饰，善诙谐，能文多技，其音清越柔脆，如唱艳词，能使人人骨醉，唱哀词，能使人人堕泪，为越郡南词第一。聘请一日必洋银二元，唱不过一二出，最多三出，断不肯逾限也。饮食不丰洁不食，桌椅不明净不坐，延之者颇难。然时人祝寿完姻生子诸喜事，必以胡小二南词为体面，伶人演剧不足数也。以是声价愈重，胡亦专心于是而无志上进，恐采芹后不能为此技。父母督其应试，胡必潦草塞责，以取进为忧，一日院试，以“权然后知轻重”为题，胡视全篇明顺，恐取入，乃改承题云，“夫权，称锤也”，犹恐不妥，又添二字曰，“夫权，一个称锤也”，始畅然大笑。次年院试为“祭如在”三字，承题云，“祭而不尽其诚，虽祭如不祭也”，以为明犯下文断不能进，及榜发竟取入，乃放声大哭。父母切责之，小二曰：“秀才举人如何做得，苦字上头矣。”

然自此竟不唱曲，惟以教读糊口，特诙谐愈甚，每亲朋雅集，小二一启口，必四座倾倒。

下文记其乾隆丁未在徐秀才家设帐时所说笑话，寿星头长，买富，夏雨似馒头，匪我求童茄等四则，虽原有出处，而即兴应用，诚如所云，可以见小二诙谐之一斑矣。《六红诗话》又选抄其诗云：

余曾于胡之好友王某处，见胡少时自写《藻湾诗钞》，存其《吼山访高五清烟萝书屋》一律云："不识高贤馆，迷津唤渡频。湿云溪路晓，芳草野塘春。山近猿窥户，庭闲鸟伴人。到来尘事息，无愧葛天民。"

又"解下鹔鹴聊贳酒，吟成鹦鹉孰怜才"，"苍茫树底山精出，历乱坟前野兔奔"，皆有宋元人笔意。

叶吕皆越人，杂志说及乾隆丁未年事，诗话成于嘉庆甲戌，盖均是乾嘉时人，与胡君约略同时，所记当有可信，惟诗不多选存数首，未免可惜耳。

《左腴[1]》周氏刻本

《左腴》十四编，系讲《左传》之书，分上中下三卷，会稽潘希淦著，有道光戊申杜煦序，男尚楫序，同年十二月刊，下卷末页有字一行曰，年再侄周以均命男锡祺校刊，中卷末又署孙婿周以墉鸿卿校刊，此盖是覆盆桥周氏刻本。

书估索高价[2]，以其为吾家故物，乃收得之。潘跋云，去夏沈墨庄周一斋纂修县乘，购访遗书，查道光《会稽县志》稿，艺文部分已缺，卷十七人物儒林下有潘希淦传，语多与杜序相同。一斋公为曾祖八山公之从弟，曾重刊《越言释》，鸿卿公则曾祖之同祖兄弟，即花塍之父，同治壬戌死于寇难，谱载名之锌，以墉之名反不著录。

【锺校】

① “左腴”原作“左腴”。

② “价”原作“物”。

王止轩藏书印

《秦汉瓦当文字》上下各一卷，续一卷，程敦著录，乾隆丁未刊，盖是铸锡拓本，共有一百三十九品。上卷首有朱文印曰子献，又一大印朱文七行，行七字，惟第三行六字，其文曰："王继香，子献父，号止轩，生丙午，家镜湖，官玉署，好金石，及图谱，懒读书，好藏弆，祝长恩，永呵护，辟水火，驱蟫鼠，传子孙，俾学古。"每卷均有白文印曰，止轩所得金石书画。卷上目下有字一行曰，辛巳六月通州葛青伯所贻，朱文印曰醉庵，当是王氏手笔欤。卷头题叶右方框外，有红印木戳文曰，每部英洋五元，在光绪辛巳以前售价已甚不廉，今只以数倍之值得之，今昔相比，不可谓高矣。

其后收得安越堂刻本《寓山注》一册，亦有此四十八字印。

看书偶记

小引

近两年无事可做，只看杂书遣日，外国书既买不起，也没有兴趣，所以看的只是些线装书。看了之后，偶然有点意思，便记了下来，先后已有几十条，再给他起了一个总名，叫做“读书偶记”。可是不凑巧，有一天翻看书目，看见上边有一种《读书偶记》，八卷，清赵绍祖著。这部书我没有找到，但是书名既然和他重复，我只得想法子来改。想了几天没有好办法，结果只将读字涂去了，换上一个看字，虽然不免改头换面的不能彻底，却总比雷同要好一点吧。我仔细想想，这字也还改得有道理。读书这不是一件容易事，要是高邮王君那样的人，才能去写《读书杂志》，我们也来看样，难免有点僭妄。我实在只是看点闲书罢了，平常总是说看闲书，没有说读的，如今改了倒[1]

【锺校】

①“倒”原作“例”。

很着实。读书人是不容易做的，高的很是了不得，下的也很要不得，若是看书的那便是别一类，客气一点说书的尊一声看官，我们就来充当一下也正不妨吧？

张皇亲胡同

古人云，开卷有益，信然。日前欲至西城尚勤胡同访友，适送报至，便一翻阅，见记张皇亲胡同掌故，云即是天启张后父国纪宅所在，今名尚勤胡同。及出门命车夫往尚勤胡同，猝不能解，因急告以旧名，始恍然悟。懿安皇后据正史亦是千古贤媛，留一巷名以纪念其故里，未始不佳，不知何为改之，且令引车卖浆者茫然不省其处耶？近年来北京地名多随意改换，如狗尾巴胡同之为高义伯，羊尾巴胡同之为杨仪宾，皆是。后人不知高义伯之原语，或将以为有拾金不昧之义人曾住此地，且将编故事以实之矣。欲化俗为雅，而其结果乃反更俗，士大夫往往有之，自可不必再问吏胥耳。

记杨妃脚

蒋子潇《春晖阁诗钞选》卷四有七言古诗一首，题曰：

> 江茂才星楼得美人出浴图，自题诗强名杨妃，属余和作，因戏咏之。其末两联云：旧藏亦画华清宫（原注云，余所藏《华清出浴图》为仇十洲笔），丰肌大脚香雾浓。今朝才看凌波小，遗事或堪补天宝。

此细事，却颇有意思，于此可以见秀才们之如何倾倒于女人之纤足矣。金古良撰《无双谱》，画与赞均佳，而花木兰之靴乃亦不自然地尖小，则贤者亦尚不免，射堂岂习见戏台上女将之有跷，以为木兰亦当尔耶。不佞对于人家之好色并不想反对，以为此亦人情之常，惟独此事不能理解，若遇此等秀才，即不显示嫌憎，也总往往觉得好笑也。

诗话

《越缦堂日记》光绪元年十一月二十一日条下评钟雨人所刻《养自然斋诗话》云："意在表征拾坠，以人存诗，其例甚善，惜所采稍杂，不免入于庸近，其称谓有太夫子及姻伯之类，亦囿于时俗。"阅诗话卷三，便遇见太夫子姻伯三数次，不觉失笑。惟此虽有俗味，比满纸中丞大令者似尚胜一筹。常怪后人笔记中称人何以必须用官衔，若诗文话，尤无关系矣，而亦复如是，岂官职高卑乃与文字佳否有影响耶。外国文人尽有做官者，但培根不闻以水部称，戈德亦不闻号相国也。最奇者无官位人则名之为布衣，此与佛教中之白衣相似，但白与缁对，用为分别，而布衣则为等级的，其例殆犹朝鲜称独身男子曰总角欤。此等似是琐屑，却值得细想，都是中国人精气之所在。花下喝道不为韵事，但偕某大令看花则是普通诗题矣，鄙人见之常觉不好过，有如看缠足女人也。

读字书

《雕丘杂录》六云：

家君尝侍赵忠毅公，公教以读字书最为有益。余见有名能文章而于字音读尚多讹者，甚矣识奇字为学者第一义也。

《辖轩语》二云，解经宜先识字，注有云：

《说文》初看无味，稍解一二便觉趣妙无穷。

今人钱氏《课馀闲笔补》云：

每有天下人趋之若狂，而余竟莫名其妙者。葱蒜何味，而世人群以为美。烟草鸦片何物，而世人群以为香。《说文》琐屑，有何意义，而世人尊而敬之，几欲置之四子五经之上。余于此惟有谢不敏而已。

读字书，看《说文》，都很有意思，就只是入门为难耳。钱君谓《说文》琐屑，此正是初看无味，或者如人说磊落人不能注《尔雅》，却不知在草木虫鱼间亦自有趣妙无穷，但如不入便无可奈何也。鄙人常喜人家看字典文法，不但能识字，亦复可以通史。英国有人著书，曰《英语里的历史》，此意亦妙。但是《说文解字》未足以任此，须有人集合甲骨钟鼎大小篆文，自写一册《新文字蒙求》，庶乎其可，而新的大字典亦是必要。如能悠悠然待之数十年，或可有成，但亦或不然，此事正极难言也。

背书

《雕丘杂录》十一《东斋掌录》记邓文洁公论读书法，略谓生平苦不能记，即三四行书皆不得，只是看他意思。凡书都有个意思，所谓含其英咀其华，自然得他好处，非是记他的将别处用。梁葵石很赞成他的主意，与鄙见亦相合，盖鄙人最缺记性，即最所喜欢的陶诗亦一篇都背不完全也。但古今却都看重背诵，岂拟将别处用耶。《蓉槎蠡说》卷二云：

> 永乐朝教习庶士甚严，曾子启等二十八人不能背诵《捕蛇者说》，诏戍边，复贷之，令曳大木。启等书诉执政，执政极陈辛苦，得释归，见陆针《漫记》。

至今父师闻尚责令学生背韩柳文及其他，此亦是朱棣之同志。鄙人幸非庶吉士，亦不去再当学生，否则当如程圣跂所云，危矣。

《輶轩语》

往时见张之洞著《輶轩语》，嫌其名太陈腐，不一披阅。丁丑旧上元日游厂甸，见湖北重刊本，以薄值买一册归读之，则平实而亦新创，不知其何不径称“发落语”，以免误人乎。《复堂日记》卷三庚辰年下有一条云，“阅《輶轩语》，不必穷高极深，要为一字千金”，可谓知言。六十年来世事变更，乃竟不见有更新的学术指南书，平易诚挚，足与抗衡者，念之增慨。张氏不喜言神灵果报，《阴骘文》《感应篇》，文昌魁星诸事，即此一节，在读书人中亦已大不易得，其中鄙意者亦正以此。若其语学语文固不乏切理近情之言，抑又其次矣。近常有人称赞《阅微草堂笔记》，即贤者亦或不免，鄙意殊不以为然。纪氏文笔固颇干净，惟其假狐鬼说教，不足为训，反不如看所著《我法集》犹为无害。我称张香涛，意识下即有纪晓岚在，兹故连及之。二人皆京南人，均颇有见识，而有此不同，现今学子不妨一看《𬨎轩语》，《阅微草堂》则非知识未足之少年所宜读者也。

钥匙牌

张芑堂《金石契》卷上载南宋铜铸牌，云：

> 右铜铸牌，龙泓外史旧居候潮门外，掘地得数十枚，余曾见之，或准伍佰，或准壹佰，皆有临安府行用五字。

又引元孔行素《至正直记》曰：

> 宋季铜铸牌，长三寸有奇，阔一寸，大小各不同，背铸临安府三字，面铸钱贯文曰壹佰[①]文等之类，额有小窍，贯以致远，最便于民，近有人取以为钥匙牌者，亦罕得矣。

钱竹汀《恒言录》卷五“钥匙牌”一条即引此文，而字句少异。戴醇士《古泉丛话》卷三云：

> 右铜牌，南宋物也，此叁[②]佰，所见有伍佰

【锺校】

①“佰”原作“伯”。

②“叁”原作“参”。

贰佰者。宋史不载，后人掘土得之，然绝少，近世有仿铸以射利者，所在皆是。夏松如尝得真铸牌以示客，客曰，此铸牌耳，余积百馀枚矣。松如大诧，翌日请观，累累成贯，皆射利者所为。松如不欲訾，唯唯而退，客什袭珍藏，面有得色。

鄙人曾于后门外得此牌二枚，一曰叁佰文，一曰壹佰文，皆是射利者所为也，惟鄙人知其为假，而贾人亦云非真，因以薄值得之，似亦尚无伤大雅。鄙意如能模制珍品，精密不苟，廉价出售，亦是好事，如戴君在皇祐条下所云：登此虎贲，留为马式，岂不慰情胜无哉。鄙人颇想以壹佰文者为钥匙牌，但无如许钥匙需要挂牌耳。

《文字蒙求》

秋间患腹疾久不出门，日前因事不得不到南城去，便中从琉璃厂书店求得《正字略》一册归读之，对于王菉友大有敬意。此书亦是《字学举隅》之流，而由读《说文》人为之，便自不俗，陈雪堂字亦较之翰苑分书似有不同也。安丘王氏著作，寒斋旧有《说文》数种，未及细读，惟《文字蒙求》四卷，昔曾涉猎，今日又取阅，亦觉得多可喜处，所说根据《说文》，改变处却亦不少，且其著书目的全为儿童，与《鄂宰四种》中念念不忘后生初学相同，此意甚可感，亦实希有可贵。清朝乾嘉以后国学大师辈出，但其所经营者本是名山事业，殆无意为小学生预备入门梯阶，故至今《说文》仍为难读之书，所谓“小学”终非大人不能去翻看第一页也。王菉友于文字学想到童蒙求我，虽是草创之作，历整整百年，还须推独步，思之可尊重，亦令后人愧恧耳。蒯氏《广义》作于光绪辛丑，已是六十馀年后矣，却殊不足观，可知此事甚难，愿力与识力如不相副，亦是徒尔。佛说因缘，疑此中正亦有之，末法难挽，大士不出，吾辈乏力梵志坐树下慨叹弥日，复何补也。

张芑堂[1]逸事

张芑堂《金石契》，刘氏重刊五册本嫌其不精，原本又畏其贵，今所有者只是乾隆戊戌编上下两卷本耳。《金粟逸人逸事》一卷，录入邓氏《古学汇刊》第一编中，其提要云："朱琰撰，记张芑堂徵君琐事，与《世说》相近。"近日重读一过，乃觉得并不近似，三十二则中才有一二略得仿佛，馀均是诗话之属，但尚可读，朱笠亭亦是解事人也。日前偶从书坊得原刻《逸事》一册，有乾隆戊子沈廷芳序，钱人龙跋，金粟逸人小像一页，沈芥舟画，蒋元龙赞，皆汇刊本所无。逸人像戴东坡笠，面瘦长，颇有神气，以意度之当必相肖，有如西泠五布衣中之金冬心像，都非市井之丹青师所能臆造者也。

【锺校】

① "张芑堂"原作"张芭堂"。

变鬼人

谢在杭《五杂组》卷五“人部一”云：

> 黔筑有变鬼人，能魅人至死，有游僧至山寺中，与数人宿，夜深闻羊声，顷便入室，就睡者连嗅之。僧觉以禅杖痛击之，踣地，乃一裸体妇人也，将以送官，其家人奔至，罗拜乞命，遂舍之。他日僧出，见土官方执人生瘗之，问其从者，曰捉得变鬼人也。

此颇似西欧巫蛊故事，形似人狼，迹似僵尸，却并非一事。赵翼《檐曝杂记》卷三有《人变虎》一则，与人狼更近，云：“龙观察士模为余言，普尔边外人有能变虎者，新授孟艮土目叭先捧，即其人也。余以将军命檄之来永昌，令其变，竟不能。”游僧目睹活埋变鬼人，虽在三百年前，思之亦可怕，赵瓯北实验虎变而失败，则不禁令人绝倒矣。此种精神其实极可佩服，惜不可多得耳。

《戊戌奏稿》

阅麦仲华所编南海先生《戊戌奏稿》，颇有见识，六月“请禁妇女裹足折”中尤多佳语，如云：

> 扶床乃起，倚壁而行，富人苦之，贫家尤甚。亲操井臼，兼持馈浣，下抚弱息，上事病姑，跋往报来，走无停趾，临深登高，日事征行，皆扪足叹嗟，愁眉掩泣，或因登梯而隳[①]命，或因楚病而伤生。若夫水火不时，乱离奔命，扶夫抱子，挟物携衣，绝涧莫逾，高峰难上，乱石阻道，荆棘钩衣，多有缢树而弃生，堕楼而绝命者，不可胜数也。

我尝怪古今有识者何以不憎恶缠足，今见康君，乃始得为中国男子解嘲，事虽不成，可以传矣。《癸巳类稿》中俞理初有《〈旧唐书·舆服志〉书后》，

【锺校】

① “隳”原作“堕”。

《天苏阁丛刊》中徐仲可有《天足考略》，此二者当可与竞爽。其馀多是杨廉夫王贻上一流人物，可以坐灯棚下吹笙歌诗，醉饱而散，无从与谈人世辛苦也。

金冬心题记

金冬心题记小文，别具风致，久为世间所重，原刻近已不可见，寒斋所有者只乾隆间花韵轩刊《巾箱小品》本，嘉庆间种榆仙馆本，同治壬申桐西书屋本，光绪戊寅当归草堂本，皆翻刻也。当归草堂本今收入《西泠五布衣集》中，最易得，魏稼孙编校，便于阅读，陈曼生本序甚佳，字体与所刻《佛尔雅》相同，古朴可喜，而《画竹题记》多缺，似不及矣。魏氏附记云：

> 余为当归草堂校刊此种，旋得湖州凌子与霞邗上来书云，《冬心画记》尚有吴门潘氏桐西屋刻本，时剞劂垂成，道远不及借校，附记于此。

案潘本盖亦从《巾箱小品》出，而编校不佳，如自写真题记末一则中匾□者一语，各本均缺中一字，今乃将此三字全删去，即其一例。惟卷末附刻王笈甫《画钟进士像记》二十四则，虽未足与昔耶居士抗衡，亦颇有意思，盖取其别致耳。

《列仙传》

郝兰皋著《晒书堂笔录》卷三“诙谐”条下有云：

> 《列仙传》云，马明生从安期先生受金液神丹方，乃入华阴山合金液，不乐升天，但服半剂为地仙（《初学记》地部引）。此语真堪绝倒。

又云：

> 道家者言多荒怪不足辨，今《列仙传》亦无此言。

郝君正论自是不错，但以我所知列仙中却要算马明生为最有风趣，其只愿为地仙，不乐升天，也与鄙意颇相合，鄙人设想地仙之乐自儿时至今不少变，惜不能信有金液可内服耳。读王夫人校正本《列仙传》，所言固多荒怪，而记叙殊可喜，其事亦质素，不令人读之生厌，盖是古人的一种长处。张鲁辈虽是妖法，却胜吕岩十倍，此事言之甚奇，惟唐宋以来的神仙日趋堕落，其记述亦不复足观，乃总是事实也。看《列仙传》中七十名仙人的履历，除自然神异之外，不出服食补导二途，以云高明殆不可矣。惟鄙人窃有取者，以其颠来倒去只是服补脑汁的办法，以行迹近于隐逸，以视后来厕身天阙，星冠羽衣，趋跄拜舞，比出家的和尚更忙者，毕竟清浊迥殊，盖鄙意关门做神仙总较开门做节度为胜一筹也。五斗米道中想也有品级，今不详知，若夫近代道教的典制，岂不即是直抄人间的帝制者耶。

倒悬求长生

《频罗庵遗集》卷十四，《直语补证》中“小便”条下引《后汉书》甘始传云：

> 甘始、东郭延年、封君达，三人者皆方士也，率能行容成御妇人术，或饮小便，或自倒悬。

案此见《方术列传》第七十二下，其下文云：“爱啬精气，不极视大言。”采补之术见于《素女经》诸书，人尿列在《本草纲目》卷五十二人部，李时珍曰，方家谓之曰轮回酒、还元汤，隐语也。此二事意趣可解，惟爱啬精气而至于倒悬，则殊匪[①]夷所思，读之不禁发笑。孙彦清著《寄龛乙志》卷二引《宋书》乐志，足以蹈天，头以行地，云今越中亦有此戏，谓之竖蜻蜓[②]，余幼时闻有村童为此，翻藏府，

【锺校】

① “匪”原作“非”。

② 原无“蜓”字，今增。

呕粪秽而毙。审如是则此亦大危险，范蔚宗云三人寿各百馀岁，正是侥幸之至，且为此种种苦行，而所得只此，亦似利息甚微薄也。鄙人昔曾有言，中国修仙的人很像是极吝啬的守财奴，什么一点东西都不肯拿出去，至于可以拿进来的自然更是无所不要了。他只有一点可取，便是纯依自力，盖此外有拜北斗禳玉皇一派，则有如士大夫之以磕头求官，以视倒悬或饮小便者，当又下几级矣。

秃头

梁山舟《频罗庵遗集》卷九有《翟晴江先生传》，末云：

> 尝自言童子时读书塾中，有僧过其门，适塾师外出，率众童子持棓往击僧，僧踉跄走避。封公见而挞之，先生曰，吾恶其秃也。

梁君文固有风趣，而其事亦甚妙，可知翟晴江是解人也。佛本不必排，自来道学家只自心虚耳，其所稍可恶者就是那秃头，鄙人昔曾有此意，不图翟君已先我发之矣。鄙人最不喜一切残毁，落叶枯株固尚不妨，断瓦残垣则只在诗画中差可观，若是人物便不能如是，即病理与变态，但可哀矜，亦不乐见也。金冬心自写真题记云，欲于癞者颠者秃简者毁面者瘿者之中，求得寡谐者，无论真实如何，鄙人未敢赞同，若身中面白而视之仍索然无味，此乃别一事，当分论之。和尚之秃在今日已为普通，本可不忌，但用刀刮光，又有受戒香疤数行，如玉蜀黍痕迹，视之殊不舒服，又或将头发分开作俗装，则大可以棓击之，盖是破戒僧，击毕当勒令还俗也。

带皮羊肉

在家乡吃羊肉都带皮，与猪肉同，阅《癸巳存稿》，卷十中有云：“羊皮为裘，本不应入烹调。《钓矶立谈》云，韩熙载使中原，中原人问江南何故不食剥皮羊，熙载曰，地产罗纨故也，乃通达之言。”因此知江南在五代时便已吃带皮羊肉矣。大抵南方羊皮不适于为裘，不如剃毛作毡，以皮入馔，猪皮或有不喜啖者，羊皮则颇甘脆，凡吃得羊肉者当无不食也。北京食羊有种种制法，若前门内月盛斋之酱羊肉，又为名物，惟鄙人至今尚不忘故乡之羊肉粥，终以为蒸羊最有风味耳。

羊肉粥制法，用钱十二文买羊肉一包，去包裹的鲜荷叶，放大碗内，再就粥摊买粥三文倒入下盐，趁热食之，如用自家煨粥更佳。吾乡羊肉店只卖蒸羊，即此间所谓汤羊，如欲得生肉，须先期约定，乡俗必用萝卜红烧，并无别的吃法，云萝卜可以去膻，但店头的熟羊肉却亦并无膻味。北京有卖蒸羊者，乃是五香蒸羊肉，并非是白煮者也。

《扬州画舫录》

鄙人甚不喜皮簧戏以及二胡，推至戏考剧评，亦无不然，盖几于恶乌及屋矣。阅《扬州画舫录》卷五新城北录下，多记戏班事，却颇有可喜处，如一则云：

> 二面蔡茂根演《西厢记》法聪，瞪目缩臂，纵膊埋肩，搔首踟蹰，兴会飙举，不觉至僧帽欲坠。斯时举座恐其露发，茂根颜色自若。

此外小丑滕苍洲，贴旦谢瑞卿、魏三儿各节，亦均有情致。乃知天下事无不可书，只要见识趣味文字三者足以胜之。我辈平日所见者多低级的书，但知考较嗓音，赏玩脂粉耳，谭复堂之《群芳小集》尚未能免，他更不必论矣。李艾塘记景物风俗及琐屑事亦多可取，卷十一虹桥爪一带的描写，凡声技饮食有十五六节，无不佳妙，有《景物略》《梦忆》之风而更少作[1]态，故亦遂更为自然，多情味也。

秋冷多闲，摘录数则，庄诵一过，且喜且愧，自己无论如何用心，总写不出这样好文字，若写时又须由会而至不会，则愈亦难矣。

【锺校】

① 此处原衍“客”字，已删。

《教童子法》

王菉友著《教童子法》一卷，附《四书说略》后，虽只十三纸，却颇有精彩语，即使未能上比古人，亦足与张香涛《辅轩语》竞爽矣。如云：

> 学生是人，不是猪狗。读书而不讲，是念藏经也，嚼木札也。

又云：

> 小儿无长精神，必须使有空闲。

均清楚爽利可喜。又谓作诗文必须放，放之如野马踶跳咆哮，不受羁绊，久之必自厌而收束矣。此则可通于文艺制作，尤有见识，非平常为父师者之所能知矣。

《四书说略》虽多为作时文而设，亦多有隽语明通语。有一处云：

> 古人带经而锄，樊迟何故学之，即学之又何用请之？请之者，浮海之意也。

案李氏《焚书》卷三，《卓吾论略》中云：

年十二，试老农老圃论，居士曰，吾时已知樊迟之问在荷蒉丈人间，然而上大人丘乙己不忍也，故曰小人哉樊须也，则可知矣。

上下三百馀年，意见暗合，此亦难得而可贵也。山东学者似特别多情味，不佞所喜者有三人，即桂未谷郝兰皋与王菉友是也。

玩具

读《谑庵文饭小品》卷三，《游慧锡两山记》中有云：

> 买泥人，买纸鸡，买兰陵面具，买小刀戟，以贻儿辈。

此令人想起《扬州画舫录》的话来，卷十六云：

> 山堂无市鬻之舍，以布帐竹棚为市庐，日晨为市，日夕而归。所鬻皆小儿嬉戏之物，未开新河时皆集莲花埂上，故孙殿云诗有“莲花埂上桥畔寺，泥车瓦狗徒儿嬉”之句。自开新河后，此辈遂移于此，故梦香词云，“扬州好，画舫到山堂，屈膝窗儿粘翡翠，折腰盘子饤鸳鸯，花月总生香”。

樊文卿《津门小令》之七十八云：

> 津门好，儿戏笑声哗，碎剪羊皮糊老虎，细穿马尾叫虾蟆，竹马纸乌纱。

据说天津亦称小扬州，二词正堪相比。中国文人学者向来轻视儿童，故歌咏记叙玩具的文章甚少，得见一二节，虽甚简单，亦正可喜也。

印书纸

闻怡谷老人言，桐城黄君的《论衡校释》已出，前日往琉璃厂，因买得一部。王仲任为吾乡先贤，素所景仰，尝谓与明李卓吾清俞理初同为中国思想界不灭之三灯，《论衡》中九虚三增至今犹有万丈光焰，惜自昔乏善本，常令人感觉不易读耳。黄君此著有功于后学不少，鄙人亦大受惠赐，披读数章，豁然意解。但用纸稍差，质滑而分量重，且甚脆弱，其实以那么的高价发售，似亦不妨用竹纸印矣。

此种纸微黄而光滑，便于印锌版，出于日本，在彼地则不用于印书，只供广告传单之用，不知来中国后何以如此被尊重，称之曰米色纸，用以印精装本[①]，此盖始于开明书店，旋即泛滥全国矣。中国为印书最早之国，至今而尽忘其经验，连一张纸的好坏亦已不能知道，真真奇事也。

【锺校】

① 此处原衍“用”字，已删。

《毛诗多识》

偶阅《毛诗多识》，书面有旧日题记云：

> 此书系十年前刻本，惟印本似不多，书估遂尔居奇，二十五年五月二十一日从邃雅斋买得，价尤奇昂。

《毛诗多识》凡上下两卷，今刻为“求恕斋丛书”之一，有乙丑刘承干序，时为民国十四年也。序云多隆阿姓舒穆录氏，字文希，称其为乾嘉间经学名家，事迹则未详。案王菉友《蛾术编》卷下有致多雯溪先生书，注云先生名隆阿，书中即言《毛诗多识》事，王君谓书刻板后须卖之，而多以为不可，故致书重申此意。今据刘序似书终未刻，卷上有王菉友识语十数则，稍留痕迹而已。王书不著年月，以书中语考之，当为去乡宁县后所作，计其时在咸丰壬子夏后，去乾隆末年已五十七载矣，可知多隆阿乃是嘉道间人，盖与王菉友是同行辈人也。

偶阅杨子勤所编《雪桥诗话》，见续集卷八中有云，同治三年四月，礼堂将军多隆阿卒于大营，予谥忠武。其后记程棫林处又云，意圜得多礼堂先生《毛诗多识》，稿本丛杂，属少珊为之理董云云，似著《毛诗多识》者即此多隆阿。惟续集前条中已云，忠勇蒙古人，生平不识汉字，遇公牍使人诵以听，然则著书岂可能耶。刘氏刻《毛诗多识》，所据即意圜本，且亦正是杨氏所携以相示者，不知何以一疑为乾隆时经师，一以为是同治时武将也。据王蒃友书，《多识》作者为号雯溪或文希之多隆阿，其号礼堂者别是一人，殆可无疑。杨氏曾与意圜共编《八旗文经》，乃混二多为一，且使不识汉字人解《毛诗》名物，未免疏矣。

蟋蟀之类

多隆阿著《毛诗多识》卷下，“蟋蟀在堂”条云：

盖蟋蟀种二，有在[①]野在家之异。其在野者，圆头修股，形似阜螽而小，色黑如漆，翼短，不飞而善跃，多居黍禾田中。其在家者形略同，色微苍而有白花文，暑居室外石砌败垣之中，或居古墙颓壁之下，应秋则鸣，白露乍凉，声彻夜不息，天渐寒则移进堂屋，故此诗曰在堂。寒渐重，又移居灶畔，故蟋蟀名灶马。俗呼曰趋趋，即促织二字音声之转。

案所云在家者即普通蟋蟀，通称蛐蛐，在野者乃是油胡卢，吾乡俗名油唧呤，若灶马又是别一种，《本草纲目》云，俗名灶鸡，吾乡称为灶壁鸡，谚云，

【锺校】

① “有在”原作“在有”。

臧螂灶壁鸡，一对好夫妻，是也。俗又名灶马为驼背臧螂，二者形体并不相近，惟因其均喜居灶边食残粒，故连及之，而灶马拱背甚高，乃呼为驼背，此则与蟋蟀大不相同者也。以上三种小虫，乡里小儿无不知之甚审，而学者反不能辨，何欤？中国讲学论文太务严肃，孩童游戏，民间俗说，皆在所不顾，故非独不能眼学，亦并缺耳食，只于发策呫②毕中求之，则所知自有限矣。多氏此书所征尚广博，不免此弊，他更可知。史香崖《止园笔谈》卷二论阿滥堆，末节有云：

> 披《尔雅》《禽经》，今不知其物有无，出见其物，又不知其在书中为何。多识于鸟兽草木之名，细已甚，犹难哉。

【锺校】

②“呫”原作“咕”。

翁鞋

鲍钤著《稗勺》中有《翁鞋》一则云：

> 北人冬月履纳棉絮，臃肿粗坌，谓之翁鞋，李空同[①]集中用之。当是老人所着，故名。

案北京今俗名老头儿乐，更有风趣。敦崇著《燕京岁时记》云：

> 五月下旬，则甜瓜已熟，沿街吆卖，有旱金坠、青皮脆、羊角密、哈密酥、倭瓜瓤、老头儿乐各种。

然则瓜中亦有此名，大约即是南边所谓冷饭头瓜又名呃杀瓜者乎。假风雅人轻视民间物名，不能领取其鲜活的谐味，往往喜改为古语，此正是作木乃伊的手段也。翁鞋今未闻此名，如非空同所改作，则幸甚矣。

【锺校】

① “空同”原作“崆峒”。下同。

《紫幢轩诗》

鲍冠亭《稗勺》中有《真雅文俗》一条云："紫幢王孙文昭厌交旗下人士，谓非真雅。高南阜评南方士人多文俗。二君皆与余善。"《南阜山人诗集》昔年曾搜得一部，今在琉璃厂又得《紫幢轩诗》，但只三种四卷，仅有其全部七八分之一耳。卷首有题辞云：

> 子晋为渔洋弟子，学有所自，故得卓然成家。是本有梧门私印，是奉选《熙朝雅颂[1]》时搜得之也，惜仅三种，非全集也，存之求是斋中，时时展卷耳。

下钤朱文印曰文淇读过。初疑是刘孟瞻，后查延清编《遗逸清音集》卷三收有文淇诗十七首，注云文淇高氏，汉军正白旗人，著有《求是斋诗草》，盖清末人，

【蒋校】

①"颂"原作"正"。

入民国尚存也。《紫幢轩诗》第一页下方有法梧门印三，文曰堂堂堂印，存素堂珍藏，诗龛居士存素堂图书印，皆朱文。诗题上时贴有红纸碎片书字作记，盖是入选之作，惟五七言律诗均标作五七言立，不写律字，岂是法梧门家讳耶。书刻印甚精，而时有误字，不知何故，如桥误槁，有两处均如此，其一且还是押韵处也。

《紫幢轩诗》美恶如何，非不佞所能说，但翻读此四卷书，觉得很有意思的是诗中时常说及街上叫卖东西的事。《槐次吟》中《暖屋》云，后巷黄昏人卖炭。《立冬夜作》云，听卖街前辣菜声。《艾集》卷上《闻卖豆声》云，独轮车上小灯悬，则并写其状态。卷下《冬街夜归》云，素纸周糊芦菔担，过街似点上元灯。亦是此一类。《里门望雨》云，马乳蒲桃马牙枣，一声听卖上街初。《年夜》云，漏深车马各还家，通夜沿街卖瓜子。《枕柝轩瞑坐》云，市声只隔寒烟外。以上所举，盖悉是市声也。有一诗题云，“枕柝轩中自巳至酉，书卷开阖，悉以市声为准，戏成一首”，有句云，小柝重过晚市油。案敲梆卖油至今尚然，用入诗中，不知芗婴居士而外尚有何人。又《连夕不饮》诗中有一联云，柝喧街下夜，火响炕封煤。此是打更的梆声，但总之似乎都喜欢听，故以枕柝名轩，若封火细事，却亦是北方生活的一点滴，亏得他收拾来放到诗里去。昔日读闲园鞠农之《一岁货声》，铁狮道人之《燕京岁时记》，心正喜之，其爱景光识名物之意有相同者，今在紫幢轩亦得见一斑，此数人者可谓不俗者矣。

《西斋偶得》

近日搜集蒙古博明著作，得西斋三种，计《西斋诗辑遗》三卷，《西斋偶得》三卷，《凤城琐录》一卷，并嘉庆辛酉年刊，而书中宁字悉已剜改，盖是道光时所印也。博氏进士出身，而通晓蒙古满洲唐古忒诸国语，故所见自较广，与一般文人不同。《西斋偶得》卷一蒙古呼汉人一条曰："蒙古呼汉人为契塔特，盖蒙古初为忙古部，越在大漠北，至后五代时始通中夏，惟时燕云十六州皆属契丹，故以辽国名称之。"又西洋呼中国一条云："西洋呼中国为吉代，盖亦契丹之讹。"案此西洋当是指俄国，俄语称中国正云吉泰，今哈尔滨尚有吉代思卡耶街，据此知其源当出于蒙古语，瓦剌一条下说此本是唐古忒语之美称，明史误为专名，结论之曰："故中国人不可与谈边外之事，中国之书生更不可与谈边外事也。"语虽不敬，却亦是事实，书生辈百口莫辩，大抵因为只读中国文，或者即通外国语亦只取便口给，未能利用到文章学问上来耳。

《西斋偶得》卷下佛书文字一条中，引王阮亭《居易录》，抄录董斯张《吹景集》所举佛典里中国古语，云当是内典偶合耶，抑袭取耶？西斋解之曰："盖佛书本皆梵文，其中国语皆译者援据经史文以释之，不惟非偶合，亦非袭取。"说得何等简单明了。其实佛经原是印度文，由译人用汉文写出，此事明明白白何劳再说，而名士如董王诸公似均未知，岂非奇事。

西斋的识见胜于中国书生多多矣，此无他，亦只是有常识，能明辨而已。儒者言佛经以初至中华之《四十二章》为真，其馀皆华人之谲诞者假老庄之书为之，龚定庵俞理初蒋子潇闻之大笑，加以嘲弄，见子潇《读释藏日记》中。此三君者，盖是嘉道间之人杰，龚蒋亦喜杂治梵藏满蒙天方文字，其识见之能广大，殆亦非偶然也。

《三千威仪》

佛教戒律本是传而非经，颇似中国的《礼记》，其中有《大比丘三千威仪》二卷，尤为鄙人所喜读，盖其所说又甚类《曲礼》也。如卷上云：

> 夜起读经有五事。一者，不得念我经戒利，馀人不如我。二者，设不利，不得言我经戒不利正为某比丘事故乱我意。三者，不得坐念人恶。四者，设明日欲问所疑，不得说馀，直当说不解者所知而已。五者，不得念言当持是经中语以行问人使穷。但有是念，非贤者法。

此即可以移示中国的读书人。卷下又云：

> 教人破薪有五事。一者，莫当道。二者，先视斧柄令坚。三者，不得使破有青草薪。四者，不得妄破塔材。五者，积着燥处。

此则朴实细致，虽朱柏庐亦未能说到，令人读之感叹，觉得希有可贵也。大抵古人好处就只是切实，懂得人情物理，说出话来自然体会得宜，后来和尚忙于做法事，读书人应科举，叩头上宰相书，更无工夫来想这些事情，唐宋以来家训毫无《曲礼》气味，正不足怪，即百丈之《清规》持与《威仪》相比，其厚薄亦迥殊矣。

《千百年眼》

明末张和仲著《千百年眼》十二卷，评论史事颇有见识。卷三“吴亡不系西施”一则云：

> 昔人谓声色迷人，以为破国亡家，无不由此。夫齐国有不嫁之姊妹，仲父云无害霸。蜀宫无倾国之美人，刘禅竟为俘虏。亡国之罪，岂独在色？向使库有湛卢之藏，潮无鸱夷之恨，越虽进百西施，何益哉。

案此意盖本于李卓吾，《初潭集》卷三记汉武魏武嗣宗仲容诸人后曾有所发明，有云：

> 吾以是观之，若使夏不妹喜，吴不西施，亦必立而败亡也。周之共主寄食东西，与贫乞何殊，一饭不能自给，又何声色之娱乎？固知成身之理，其道甚大，建业之由，英雄为本。彼琐琐者非恃才妄作，果于诛戮，则不才无断，威福在下也。此兴亡之所在也，不可不慎也。

此种特见实在只是有常识耳，正如花红柳绿，个个都应看见，而偏多病眼者，反而把看见的人当作怪物，大是奇事也。

《疑耀》

《疑耀》七卷，明张萱撰，今刻入《岭南遗书》中，通行于世。明时坊本题李贽之名，后人屡有辨正，其实看本文即可了然，不烦旁证，即今刻本中张萱自序，竭力声明，亦可不必也。

《疑耀》中虽有数则为张和仲采入《千百年眼》，亦本平平，其识见乃实甚卑陋，不出书生窠臼，与卓吾相去不可以道里计，信此书为李氏所著者倒未免可笑耳。如卷二《佛字辨》，谓佛字义为拂，不能译为觉。卷四《佛经不真》，又《佛经恐非西来大意》，卷五《佛书可疑》，皆意主辟佛，而不知翻译为何事，与王渔洋等相似，正是好例。卓老即使不崇佛，亦何至于此乎？

又卷五《妇人遭乱》一条，实即是饿死事小之小注。至论淫乱之始，以为始于夏少康时之女岐，尤为匪夷所思，此事乃亦有原始可考耶？想起来可为绝倒。至其自序中丑诋闽秃，全不为自己的文章少留地步，此又可见其短少趣味的修养，惟世人多犯此病，或不能单怪张君也。

《北风集》

余前得敦礼臣著《燕京岁时记》，心爱好之，颇想读其诗文而不可得。久之始在厂甸买得《画虎集文钞》，虽只寥寥十数页，而文多质朴可取，又得见其《南行诗草》，小序与注甚多，又常采小说家言，此亦正是其有情味处也。庆博如为《岁时记》书序，因亦留意其人，著作只得到一种，曰《铁梅花馆北风集》，内容比《画虎集》更少了，题序等倒有八页，本文则只五页而已，共计律诗绝句三十四首。此系庚子在郊外避乱时所作，有好些都觉得可喜，卷末《归家》二首尤令人读之怅惘。鄙人昔时曾恨不得遇身历乱离之人，听他讲讲过去的事，然而今日不敢请与相见也。闻庆君今健在，读其书想见其为人，如或有缘能得他种著作读之，便已满愿矣。《北风集》版心下署“铁梅花馆丛书第二十四”，不知此外尚有何书也。

上文系二十八年一月间所写，阅两月承张君次溪惠赐铁梅花馆著作三种，即《怀古集》《闷翠诗》各一卷，合订一册，《铁梅七十自述诗》一卷。自述诗序题壬寅，为民国二十七年，计其生年当为清同治八年己巳也。编订时记。

《天咫偶闻》[1]

杨钟义《雪桥诗话馀集》卷八记震在廷事，云著述甚夥，以《天咫偶闻》最为精审。鄙人读震氏书，亦同此意。《偶闻》大体虽似《藤阴杂记》，惟《杂记》太近诗话，在不懂诗如鄙人者读之，常不免有骨多肉少之感，《偶闻》则无此恨矣。

二十六年秋间卧病，阅清人笔记以自遣，见有可喜者随笔录其题目，凡阅五十馀种，所选共六百则，《偶闻》十卷中计录出二十条，《杂记》乃一无所取，即脍炙人口之《阅微草堂五种》亦只取其八，大都不谈果报者耳。

《偶闻》中多记八旗文学艺术家事，亦是一种特色，读博西斋著作后颇感兴趣，故此一方面于我亦有用处。《涉江诗文钞》各一卷，《海上嘉月楼勖学遗

【锺校】

① 原作《天呎偶闻》。

笺》二卷，均得一读，不能有所臧否，晚年不得意故走而卫道，此固是无可奈何，若私意则所不喜也。又壬子后易姓名为唐晏，此事本应从主人，惟鄙人爱《天咫偶闻》，习见震钧之名，今仍愿以是相称。《妙峰山琐记》的作者易名鲍汴，鄙人仍称之曰奉宽先生，亦聊以示相敬之意耳。

《寒灯小话》

曩读李氏《焚书》，喜其心直口快，思想明达，最所敬仰，而文章煞辣，亦有可畏之处，但见卷四《寒灯小话》四则所记，则其人又是蔼然富于人情者也。如第一段云：

> 九月十三夜，大人患气急，独坐更深，向某辈言曰，丘坦之此去不来矣，言未竟泪如雨下。某谓大人莫太感伤，因为鄙俚之语以劝大人，语曰，这世界真可哀，乾坤如许大，好人难容载，我劝大人莫太伤怀，古来尽如此，今日安足怪，我量彼走尽天下无知己，必然有时还来。乱曰，此说不然，此人大有才，到处逢人多相爱，只恨一去太无情，不念老人日夜难待。

读此节大有悲凉之气，窃意是卓吾生活的极重要资料，只怕识者不易多得耳。我们看《日知录》中论李贽处，便可知顾宁人毫无感觉，只是人云亦云，有如隔巷听人家呼捉贼，便尔跟着大嚷，发挥其优越感而已。一代学者如顾氏尚如此，他更何望哉。

《儿女英雄传》

《儿女英雄传》还是三十多年前看过的，近来重读一过，觉得实在写得不错。平常批评的人总说笔墨漂亮，思想陈腐。这第一句大抵是众口一词，没有什么问题，第二句也并未说错，但是我却有点意见。如要说书的来反对科举，自然除《儒林外史》再也无人能及，但志在出将入相，而且还想入圣庙，则亦只好推《野叟曝言》去当选矣。《儿女英雄传》作者的昼梦只是想点翰林，那时候恐怕正是常情，在小说里不见得是顶腐败，又喜讲道学，而安老爷这个脚色在全书中差不多写得最好，我曾玩笑着说，像安学海那样的道学家，我也不怕见见面，虽然我平常所最不喜欢的东西道学家就是其一。此书作者自称恕道，觉得有几分对，大抵他通达人情物理，所以处处显得大方，就是其陈旧迂谬处也总不使人怎么生厌，这是许多作者都不易及的地方。

第三十五回鬼神示兆，说此人当中，这一点我觉得是一个大毛病，全书中本来不谈神怪，此处乃落了《棘闱夺命录》的窠臼，很是可惜。写十三妹除了能仁寺前后一段稍为奇怪外，大体写得很好，天下自有这一种矜才使气的女孩儿，大约列公也曾[①]遇见一位过，略具一鳞半爪，应知鄙言非妄，不过这里集合起来，畅快的写一番罢了。书中对于女人的态度我觉得颇好，恐怕这或者是旗下的关系，其中只是承认阳奇阴耦的谬说，我们却也难深怪，此外总以一个人相对待，绝无淫虐狂的变态形迹，够得上说是健全的态度。我小时候读《天雨花》，很佩服左维明，但是他在庭前剑斩犯淫的侍女，至今留下[②]一极恶劣的印象，若《水浒传》之特别憎恶女性，为废名所指摘，小说中如能无此等污染，不可谓非难得而可贵也。鄙人所言颇似多捧在旗的人，好在此刻别无用心，止是直抒胸臆，想知者亦自当知之耳。《儿女英雄传》作者文康，据《八旗文经》卷五十九作者考丙云："文康字铁仙，勒保孙，历官理藩院员外郎，安徽徽州府知府，驻藏大臣。"所说

【锺校】

① "曾"原作"会"。

② 原无"下"字，今增。

较他处为详，所为文有《史梅叔诗选序》一篇，收在《文经》卷十九中，其文亦颇佳，末署道光乙未，逮马从善为评语作序，时为光绪庚寅，相距已有四十三年矣。

《品花宝鉴》

从市场得赵景深君著《小说戏曲新考》，卷上有《品花宝鉴考证》，说及著作年代，根据杨掌生《梦华琐簿》的记录，云《品花宝鉴》的前三十回成于道光十七年，后三十回补足于道光二十九年，也就是十二年后全书方才告成，刊印年时代是咸丰二年。案此处所举年岁稍有错误，寒斋藏有一部，书系原刻，题叶后有长方框，隶书三行云，戊申年十月幻中了幻斋开雕，己酉六月工竣。是即道光二十八年至二十九年。《梦华琐簿》原文在丁酉年记事下注云，《品花宝鉴》是年仅成前三十回，及己酉少逸游广西归京，足成六十卷，余壬子乃见其刊本。此书盖实刊成于道光己酉，而杨掌生见到时乃在咸丰壬子，本是两件事，非见书时即刊印时也。又云丁酉年先成三十回，与陈少逸自序校对，亦略有不合。自序言某年秋后着手，是年有顺天乡试，可知是道光丁酉，两月间得十五卷，明年往粤西，稿置敝簏中八年之久，及后北返，自粤至楚舟行七十日，又写得十五卷，是年应顺天乡试，当是丁未，故前三十回之成前后盖十年，不得云成于丁酉也。后三十回则在道光丁未年腊底续写，五阅月而成，已是戊申的夏天，到冬天付刊，次年毕工，是很近情理的事。序中不记干支，但据所说两次在京应秋试的事实来考查，丁酉丁未均适合，可知上文所推算的大旨是不错的了。写到这里，想起孙子书君的《中国通俗小说书目》来，查卷四中《品花宝鉴》项下注曰，存，清咸丰间刊本未见，光绪己酉刊本，半叶八行，行二十二字。原来这里也为杨掌生所误，以为原刊是咸丰间的，无怪其见不到了，因为压根儿就没有这么一回事，没有料到这己酉年的八行本即是原刊，硬把他退下一甲子去，说他是光绪己酉年的翻本。其实光绪并无己酉，那时已是宣统元年了。还有一层，戊申己酉年本明明写着幻中了幻斋开雕，假如该斋初刊于壬子，到己酉重刊，这其间已经隔了五十七年，幻中了幻居士在初刊时如年正二十，至此也已是七十八岁了，恐怕难得再有刻书的雅兴吧。《小说新考》与《书目》二者都是专门著述，而于此点皆不免有小错误，可见人言之难以凭信也。

《香祖笔记》

王贻上虽见识平常，曾请解八股文与缠足之禁，但其论文诗亦有可取处。《香祖笔记》卷一云：

> 《类纂》载武林女子金丽卿诗：家住钱塘山水图，梅边柳外识林苏。郎瑛谓其不能守礼，当①出则拥蔽其面。时方食，不觉喷饭满案。

又云：

> 高季迪明三百年诗人之冠冕，然其《明妃曲》云，君王莫杀毛延寿，留画商岩梦里贤。此三家村学究语，所谓下劣诗魔，不知季迪何以堕落如此，而盲者反以为警策。

此二节语皆极通达，鄙人最不喜史论及咏史诗，不特千百年前事不能详知，未便武断下褒贬语，且更怕成养文人习气，轻易裁判别人，以刻薄为能，非细

【锺校】

① 原无“当”字，今增。

故也。窃意此事当从学塾改起，不令生徒作史论，庶几正本清源之道，虽其效或当在百年后，苟能有效即是大幸矣，百年何足道哉。

《扪烛脞存》

陈馀山《扪烛脞存》十二卷，前有蒋子潇序，至民国甲寅始以活字版印行。此系《诗诵》作者之笔记，目录亦颇有意思，殊多期望，但一阅爽然若失，与一般读书人的本领盖无所异也。鄙人读中国男子所为文，欲知其见识高下，有一捷法，即看其对于佛教以及女人如何说法，即已了然无遁形矣。陈氏于此两关都透不过，莫怪不能给予及第分数耳。卷五《艺术脞》中引《鹤林玉露》云，陆象山观棋局，忽悟曰此河图数也，遂往与棋工弈而得大胜，评之曰，可知艺与道无所不通。焦里堂在《易馀籥录》卷二十亦述此事，而断之曰：

> 此妄说也，天下事一技之微，非习之不能精，未有一蹴便臻其极者。至云河图数，尤妄。河图与棋局绝不相涉，且河图当时传自陈希夷者，无甚深奥，以此悟之于棋遂无敌天下，尤妄

说也。此等不经之谈，最足误人，所关非细故也。

此数语极高超，亦极平常，只是有常识耳，而此在世间又甚少有，真真有百年旦暮之感，读之不禁感激。卓吾老子有何奇，也只是这一点常识，又加以洁癖，乃更至于以此杀身矣。适买得《初潭集》三十卷，遂联想及之，使人怅惘终日。

《分类诗话》

今人著《苌楚斋续笔》卷十云：

> 南昌喻端士编辑新城王文简公士禛《皇华纪闻》《陇蜀馀闻》《池北偶谈》《居易录》《香祖笔记》《分甘馀话》六种中论诗之语，分志趣、风雅、感慨、考证、评论、汇编六门，每门一卷，汇编分上下卷，乾隆己酉五月信江枕山亭自刊本。一本名《谐声别部》，一本名《分类诗话》，一人所辑，同时所出，而序文例言两书一字不易，亦无一言言其更名，是真不可解矣。

此书寒斋有一部，即名《分类诗话》，每叶中缝鱼尾上悉空白，只存卷数，卷首及序文中书名则是剜补，形迹显然，可知此名乃是后改。其初当名《谐声别部》，例言末一则中云“和声鸣盛，贵谐人心，风雅鼓吹，此为别部”，可以知之。至于改名理由，或者书板归于他氏，嫌其原名太晦涩，故易名以顺俗耳。观其剜补殊不雅观，新名亦笼统，可见非解人所为，《续笔》以为是喻端士自己有此二种刻本，非但观人不审，即察物亦有误也。《谐声别部》原书近来亦得一部，刻印均相同，惟不经残毁，自觉得更悦目耳。

古诗里的女人

阅《多岁堂古诗存》，卷二下“汉乐府古辞”中有《陇西行》，其中间云：

好妇出迎客，颜色正敷愉。
伸腰再拜跪，问客平安否？
请客北堂上，坐客毡氍毹。
清白各异樽，酒上正华疏。
酌酒持与客，客言主人持。
却略再拜跪，然后持一杯。

成书批云：

更极妩媚有态，古人此种细腻处最难学。

案此处说诗固不错，但如论诗中之人，亦正写得极可爱，颇疑中国五代以前的女子确实有如此姿态，不尽关诗人的粉饰也。

清末夏穗卿氏有言，宋以前女人尚是奴隶，宋以后则男子全为奴隶，而女人乃成物件矣，虽似偏激而实含至理。尝泛观诗文，见写女人之美者亦不少，而难得有如此可爱的影象，岂真古今人不相及哉，亦只由于咏物者多耳。若奴婢是人，未始不可爱也。《陇西行》作者故云：

取妇得如此，齐姜亦不如。

健妇持门户，亦胜一丈夫。

说得极有人情。吾于是乃不禁感叹，此时盖不独女人未曾沉沦，即男子亦正不堕落也。

《多岁堂古诗存》

《多岁堂古诗存》，成书选，本八卷，而卷二分上下，实是九卷也。前阅《天咫偶闻》，中录《古诗存》例言四十七则，颇可喜，因求得全书读之，评点不多费笔墨，却多有佳趣，思想尤明达，至不易得。卷七评陈后主云：

> 后主的系词人，倘止携暄范诸狎客为贵游子弟，则文采风流，未始非千秋佳话，乃位违其才，遂致倾败，亦其大不幸也。

又卷八评隋炀帝云：

> 帝之清词丽句与陈后主同工，而浑灏之气时或过之，足压时辈，何恨恨于空梁落燕泥，庭草无人随意绿耶？然亦足见古人虚心刻核无论已。

平心想来，只是有常识，故说来合于情理，但试看古今来有若干人能说，即此可知是大不容易，值得我们佩服也。《冷斋夜话》卷四记其弟超然论诗语曰：

陈叔宝绝无肺肠，诗语却有警绝者，如曰，午醉醒未晚，无人梦自惊。夕阳如有意，偏傍小窗明。

此虽深许其诗得于天趣，洪公亟叹为知言，但仍牵扯行事，未能免俗，与成误庵相比，犹差一级耳。

李朴园

阅吴振棫《养吉斋丛录》，见“馀录”卷十有一则云：

> 宝坻李比部光庭，长子藻以嘉庆戊午生，咸丰戊午又得一子，年已八十馀，伯兄季弟之生相去正一甲子。

李朴园著作寒斋共有三种，一为诗集十二卷，《感旧诗》一卷，道光庚子年止，二为《乡言解颐》五卷，道光庚戌年序，自称年七十八，三为《吉金志存》四卷，咸丰己未年跋，有印文曰吾年八十七。案己未为戊午之次年，然则其生子时当是八十六岁，殆可与《儿女英雄传》之邓九公竞爽矣。《吉金志存》每卷首皆题男慕茵摹拓，敬葰校录，据诗集则藻之后慕之前尚有名菜者，又卷十二己亥年诗题中有云：

> 今六旬有七矣，幼子三人，一十三，一十岁，一甫六岁，斗室中为暖炕，环坐，授之读。

此盖即慕与敬与葰，惟卷十一诗注中云，戊戌冬生一子，此未列入，殆以未授读故耶。戊戌生戊午生皆不知何名，想亦是从草字头者，惟上举六人中乃有敬字，恐未免为颜黄门所讥耳。

朴园诗虽未佳，而题咏不避俗事，有好些均收入《乡言解颐》中，此则颇可取。统观朴园著书，自当以《乡言》五卷为其杰作，而全部著作中亦都有一种风趣，在向来读书人中间正亦是难得而可贵者也。

钱竹汀论轮回

《十驾斋养新录》卷十八有“释氏轮回之说”一条云：

> 《列子·天瑞篇》，林类曰，死之与生，一往一反，故死于此者安知不生于彼。释氏轮回之说盖出于此。《列子》书晋时始行，恐即晋人依托。

案《列子》如系晋人依托之书，岂能为释氏说所从出？若如所云，则非晋人读《列子》后而假造不可矣。钱竹汀本是乾嘉时难得的学者，奈何此等处与王渔洋辈同样见识，士大夫不读佛书以为正派，却亦即此吃亏不少了。今且不远引明末的例，嘉道时有些学者多读释道藏，或学习梵藏亚剌伯满蒙文字，如俞理初龚定庵蒋子潇等，均足以助成其思想之阔大，博西斋裕思元之流亦正如此。读经典亦何必一家归依顶礼，只是开一头门窗，多放进一方面风日来耳，一样于养生有益，若必谓东向以迎紫气，西向以望净土，计议横生，自只好塞向墐户而已，昏昏沉沉，无足怪也。

乌里雅苏台

《野棠轩摭言》八卷，吉林奭良著，卷三《言文》，卷七《言多》中语多可取。卷七记乌里雅苏台将军之苦，有云：

> 其地浮沙，不能筑高墙大屋，虽以将军之署，墙仅及肩，前院三楹，后院五楹，将军之所居也。捐闷散步院中，市人呼曰，将军出矣！群聚观之，将军乃入户。不可以病，购药在杂货铺，付药一撮，问其何方何药不知也，煎药即在煮羊肉大釜中。

昔读《儿女英雄传》，安公子简放乌里雅苏台参赞大臣，举家沮丧，未免诧怪，今得憩叟解说，意思乃更明了矣。《野棠轩文集》五卷，亦多有明达之见，并世不可多得。大抵评论古今文章学术，如能不为唐宋两位文公所罩住，即此便已佳，可以知其自有见识，惟大家往往不能如此，盖为患得患失故，转不如寻常文人之能自主，野棠轩之可取殆即在此也。

唐晏

《贩书偶记》卷十八别集类《涉江先生文钞》一卷，诗一卷，渤海唐晏撰，民国乙卯铅字排印本，又名《涉江遗稿》。又注云：唐晏原名震钧，因辛亥国变改名。案震在廷殁于民国庚申，在乙卯后六年，寒斋所有本乃是辛酉年印，文集有章梫劳乃宣乙卯年二跋，上文或者[1]是误记，不然在生前不能称遗稿也。唐晏改名在辛亥后，一般均如是传说，惟求恕斋刻《庚子西行纪事》一卷，本文末尾署光绪辛丑五月，唐晏录于白下，然则在民国十年前固已有此名矣。或云《西行纪事》刻于民国乙卯，故卷首题唐晏纂，刻书者遂并改去本文中署名以归一律，亦未可知，但揆诸事理则为不通，鄙人未敢遽信也。《野棠轩文集》卷四氏娄说中云，国变后儿辈乞食四方，冠其姓曰

【锺校】

①“者”原作“以”。

娄。结末云：

> 康熙时伊尔根觉罗之顾，雍正时章佳之尹，两朝圣人未之问也。独是彼乃化歧视之见，此则苟为逃死之谋，岂可同日而语哉。

古来避仇避乱避讳易姓，时时有之，诚如所论，惟私心不甚喜者，则以旗人有被歧视之感而出此故耳。如循旧例以第一字为姓，不必冠姓易名，亦可通行，且似亦更为大方也。

旗人著述

想一看金息侯的著作，承友人借给《瓜圃述异》等三四种，也就满足了。这些书铅印尚无妨，却都用洋粉连印，售高价，故不想收藏一份，其所说虽不免多夸饰，亦殊有可取处，值得读一过也。不知怎的我觉得读旗下人的文章常比汉族文人高明，而平常大官的说话也比卑陋的读书人大方，这恐怕是同一的道理。如博明之《西斋偶得》，震钧之《天咫偶闻》，锡缜之《退复轩随笔》，遐龄之《醉梦录》，敦崇之《芸窗琐记》，奭良之《野棠[1]轩摭言》，或见识明达，或态度大雅，文词之巧拙在其次，似反无甚关系矣。《瓜圃丛刊叙录》中有金氏的《满洲老档秘录叙》，又徐世昌序，都还说得过去，惟有一跋，中云“臣纾以犬马馀生”云云，末署“宣统庚申举人臣林纾谨

【锺校】

①“棠”原作“堂”。

跋”，比较起来便显得很是寒伧。故家纵出了纨袴子弟，仍有点大方气象，不至与跟班混同，此总是实情。鄙人对于旗人何必雪中送炭，亦只是说实话而已。

《大谷山堂集》

偶得蒙古梦麟《大谷山堂集》六卷，卷头曾题记曰，此诗集本无甚足取，今从松风堂购得之，因其为震在廷故物耳。卷首有海上嘉月楼印，末叶一印曰涉江。此书题叶为吴兴刘承干署，后书戊午仲冬刊于维扬，平常均称为嘉业堂刊本，即所谓《辽东三家诗钞》之一。近阅《瓜圃丛刊叙录》，总目后有金息侯[①]之子关东识语，中有云：

> 忆前岁家在廷先生震钧与我父约刻八旗名贤遗著，编目得数百种，仅合刊《大谷山堂[②]》数集，在廷先生既去世，板归刘翰怡京卿承干印行。

由是可知此书本是震氏所刊，后归刘氏，我当初

【锺校】

①“侯”原作“候”。

②“堂”原作“房”。

以为此本系刘所持赠，今乃知是震生前所印，自钤印记者也。据海上嘉月楼《勖学遗笺》所记，震氏晚年正住在扬州，卷下收有戊午己未数函，惜未曾说及，如不见关东识语，几无从得知此事真相矣。

今通行之《辽东三家诗钞》，所收为李锴《睫巢集》七卷，长海《雷溪草堂诗集》一卷，《大谷山堂集》六卷。《大谷山堂集》有庚申上巳日刘承干序，有云："同社友唐元素司马始以表章遗献，将合《大谷山堂》并《睫巢》《雷溪草堂》诸集汇为一编，成兹三种，未及印行而其事中辍，今以其板归余。"而《睫巢集》又有民国十七年戊辰三月袁金铠序云："三家诗抄原椠在吴兴刘君翰[1]怡承干处，本年春介长白金君息侯梁让归吾奉，保存于京师奉天会馆。"乃知楚弓楚得，板又易主者，而三家之称亦是后起，盖震氏原意陆续重刊，今乃偶然存此三部耳。惟据《涉江遗稿》张志沂跋，震氏殁于庚申之秋，今刘序署庚申上巳日，是时震氏故尚健在，然则关东所云在廷去世后板归刘翰怡之说，似又非是事实矣。一部诗集刻印的事迹尚且如此难查明白，那么别的考证自然更不容易了。

【锺校】

①"翰"原作"汉"。

《野园诗稿》

偶从书肆沽[1]得《野园诗稿》抄本，四册三种，稿纸中缝上刻野园二字，存题签三，曰《西清载笔录》《野园诗集》《留都集》，各钤二印，一壶卢形，朱文曰“佟雅”，一方形白文曰“濠濮间想”。卷首无书名，惟《野园诗集》首行下有印，白文云“臣介福”，朱文云“珥笔承恩”，末尾二大印，朱文云“景庵”，白文云“一片冰心在玉壶”。全书末空白半叶有题识曰：

右稿三种为满洲介福所著，案《熙朝雅颂集》，介福字受兹，一字景庵，雍正癸丑进士，改庶吉士，散馆授检讨，官至侍郎，有《西清载笔录》《退思斋诗》《野园诗集》《留都集》《关中纪行集》《采江小草》《采茶歌》。今读其诗，

【锺校】

① “沽” 原作 “估”。

颇多秀句，且有见道之言，在满洲人中可谓难能足贵者矣。张芝圃送阅属题，因识数语归之。戊寅九月，退翁周肇祥。

查《雅颂集》，介福诗在卷四十六，所注正同，惟其著作实只六种，盖《采茶歌》乃是集中所录第一首之诗题耳。《天咫偶闻》卷五列记八旗人著述目录，集部中有介福之《野园诗集》等五种，而《西清载笔录》则收入史部，在《槐厅载笔》之前，此亦有误，今据抄本乃是古今体诗九十六首，大都是应制和韵之作，并非散文记录也。《偶闻》卷三云，佟府有野园，介受兹先生福自号野园，即此，至今尚在。佟雅盖即是野园之姓，佟府后为贝满女学校，园不知如何，距震在廷著书时不及四十年，尔时仅存之旧邸第皆已易主矣。

《癯鸥戏墨》

天津徐沅青著述，余所得者有《医方丛话》八卷，《宋艳》十二卷，近又得其《敬乡笔述》八卷，则民国三十一年新刊，用蓝印者也。卷末徐世章跋有云，有《癯鸥戏墨》，文体骈俪，见公《蝶访居诗集》自注，而传本迄未之见。《戏墨》昔年曾得一册，当时同买得者尚有樊文卿之《津门小令》，因从书堆中检出重阅，则题叶后大书光绪乙酉年春二月津门蝶园雕板，与《宋艳》等相类，惟其时只见署名津门东海癯鸥撰，知为天津徐姓，不曾细考也。书凡二卷，有诗星阁主人骈体序文。卷一为集《桃花扇》及《燕子笺》句酒筹各百五十支，骈体序记书共六篇，卷二为书扇屏二则，集唐人及姜白石句诗共四十九首，《蝶园词曲》十六首，《花间楹联丛话》十三则。徐跋云，又《酒筹谱》一种，张君君寿仅获一见，即已为南省士人购去。案此或亦即是《戏墨》，因为卷上全部差不多是酒筹也。诗星阁主人不知为谁，《笔述》卷八记张笨山著书中有星阁集，高彤皆注云，星阁当作诗星阁，然则此作序者其殆是张氏后人耶。

刘备曹操

《寿藻堂杂存》二卷，民国丙辰铅字印，上卷为《瞽说》，分经郛、史苑、字林、艺圃、谈丛五门，下卷则云《可园外稿》，即诗文与词也。陈伯雨著有《养和轩随笔》，在“金陵丛刻”中，语多明通，《瞽说》中亦多有可取者。“史苑”有一则云：

朱子作《纲目》，改《通鉴》之例，以蜀为正统，盖欲为南宋立竿取影。其实先主之在汉，未奉献帝之命，夺西蜀而有之，与孙权据江东正同，较诸曹丕托名禅让者犹降一等。前史命之曰三国，名实相称莫过于此。若南宋之亲承正统，当援周平王汉光武为例，彼蜀汉者不过如五季之北汉耳，安得以正统归之哉。

此言虽是平常，却大有见识，但非一般人心醉桃园结义者所能了知。适阅刘南赤著《汉上丛谈》，卷一记荆门雷氏所藏铜雀台瓦砚，有云：

前代时吴匏庵蓄铜雀砚，其友某公恶曹瞒，拔剑碎之，沈石田作击砚图以纪其事。脱遇如某公者，斯砚即欲瓦全不可得矣。

读书人上了说书的与戏子的当，以为曹孟德真是大白脸，大动其义愤，持以读史固非，若随便打破人家的砚台，更未免神志太不清爽矣。

《冷红轩集》

前从杭州买得江宁人著作三部，悉有渔村印记，后又得二书，一为忏花庵刊《柳亭诗话》，一为《冷红轩诗集》，种类不同，而亦均有此印或题记，亦一奇矣。《冷红轩诗集》二卷，词一卷，长白女史友兰氏著，其子麟趾手书付刻，故颇精工，咸丰七年刊，但似不多见，《天咫偶闻》卷五八旗人著述书目中亦未列入。友人有搜集闺秀著作者，余则欲得旗人文集，因连类及之耳。

据序跋言，作者为燕山相国寡媳，斌良题词云燕山是其兄，盖即是桂良。斌良、法良均有诗集，桂良则似无之。友兰姓萨克达氏，适得奕赓所著《清语人名译汉》，检之，萨克达下注曰母野猪，此尚有春秋时古风，唯以氏女诗人得无唐突，犹之诗人姓牛，亦终嫌不相称也。

《贩书偶记》卷十八别集类，《冷红轩诗集》二卷，长白女史百保友兰撰，光绪壬午葆真斋刊。《芸香馆遗诗》卷下有和友兰三姊诗数首，附录原唱二首，署名百保，下注友兰，今亦见《冷红轩诗》中。可知友兰本名百保，而原集上不书，未审何故，殆至光绪重刊时始加上耶。

六祖真身

姚福均著《铸鼎馀闻》卷四有“六祖真身”一条云：

> 宋文信国《指南后录》有“南华山”诗，自注云：六祖禅师真身，盖数百年矣，为乱兵刲其心肝，乃知患难佛不能免，况人乎。

又一题云：

> 己卯五月十八日予以楚囚过曹溪，宿寺门下，六祖禅师真身顷为乱兵穷其胸，探其心肝，盖意其有宝，故祸至此。

案六祖慧能殁于唐先天二年癸丑，至南宋末年祥兴二年己卯，历年五百六十六矣，不图槁骸复见剖割，岂非真是有什么夙缘乎。余前论越王峥欧兜祖师，留下漆身，供人膜拜，以为是恼懊。今观六祖事，当更了知有身之足为大患矣。元人本不必论，如杨琏真伽所为，宁复有人理，但彼是番僧，当爱其同类，不至残毁和尚死体，然则所谓乱兵或非此辈亦未可知。漆身中间那里会有宝贝，而贸贸然探其心肝，此事真奇绝，如不是文文山亲至曹溪看来告诉我们，几乎不大有人能相信也。

《扶桑两月记》

阅罗叔言《扶桑两月记》，所记盖是光绪辛丑冬东游视察教育事，罗君本是读书人，故文多可读，与王韬、王之春等均不同也。有云：

> 于书肆中购得宋闻人耆年《备急灸法》，内载妇人难生，宜灸右脚小指尖三炷，如妇人扎脚，则先以盐汤洗脚令温，气脉通疏，然后灸之云云，据此则宋代妇人尚非人人缠足可知。

此一则故是《存拙斋札疏》中材料。又云：

> 毛子晋刻《津逮秘书》，实是用活字。儿时读《毛诗陆疏广要》，见其中有横植之字，始悟毛氏刻字原是活板，特排印精工，与刻板骤不能别耳。

不佞乃取《陆疏广要》考之，在卷上之下第四十六叶，“颜如舜华” 条下，子晋引《尔雅》“椴木槿”，槿字倒植，稍偏近左下，但非是横植，此外亦并无有，疑罗君所说即指此。但仔细考察，只此一例实不足证明系是活板，盖寻常木板剜改处亦偶或脱落，匠人不谨慎辄颠倒错乱嵌之，正是可有的事，非活字始会有倒植也。曾见《明斋小识》后印本，有多处文字凌乱，意不可通，盖均是此例，不过是绝端的例，亦不可多见者耳。

《学海谈龙》

汤纪尚著《槃薖纪事初稿》四卷，光绪乙酉年刊，有俞曲园序文，后并缩成三卷，为《槃薖文》甲集，以丙戌迄壬辰文二卷为乙集，附癸巳迄乙未所作文为别录，重刻行世，曲园序则已无有，盖序中颇议其文多艰深也。乙集卷上有最录龚瑟人逸文一篇，云已授朱之榛传之，今检龚集补编朱序，果云系汤伯述所编，而序语亦即袭用《槃薖文》上半，但少改为流畅而已。原文末有云：

> 逸文竟刻，更得《学海谈龙》一书，说郡国山川彝鼎，说金石杂事，皆可喜，小学家伟之，亟写副贶苏州吴副都，人间遂有传本。

案张祖廉著《定盦年谱外纪》卷上云：

> 嘉庆戊寅纂平生师友言论及所见古物，为《学海谈龙》四卷。

《娟镜楼丛刻》中又有张氏所辑《定盦遗著》一卷，

序文之末乃云，“所望四方闳达之士，访羽陵饱蠹之简，获《学海谈龙》之编”，则在民国辛酉时此书固未传于世，所云录寄苏州之副本不知浮沉何所也。吴张二君皆吴中人，搜访定公著作又至勤苦，而《谈龙》竟不出，思之闷损。吴副都岂是窸斋耶，若如是则踪迹当亦易易，或《檠谧文》人少见者，乃致失之交臂，亦未可知耳。

《稗海纪游》

偶从旧书估得《稗海纪游》一编，纸敝墨劣，而文可读，价亦不廉，但终收得之，因其记游历台湾事，盖亦不多见也。书共八十四页，纪游居其大半，后附《伪郑逸事》《番境拾遗》《海上纪略》三种，题武林郁永河沧浪稿，襄平达纶经圃校刊，首页则题道光乙未新镌，枣花轩主人订。据达纶序云，幼时于琉璃厂得写本，后官秦中，为之付梓，盖在郁氏游台百三十八年后矣。案《野棠轩文集》卷三有赵公行状，达纶为赵尔巽之祖，道光癸未进士，著有《台湾风土记》《枣花轩稿》《经圃日记》等，所云《风土记》疑即纪游之误。郁永河游台湾在康熙丁丑（西历一六九七），因采硫黄，深入鸡笼番地，所记多险怪可喜，文亦颇佳。其记郑成功遗事虽只寥寥八则，陈永华父女传各一，而语殊翔实。其同行友人顾敷公于永历十三年被掠至台，留居三十馀年，故所据必多可信，且亦颇有推重语，达氏序中称其论郑氏事尤有古良史遗意，可谓有识矣。清末《申报》馆收入《屑玉丛谈》三集中，今亦已罕见，如或杭人有好事者收入小丛刻中，亦是胜事也。

《林和靖集》

前日书贾携《林和靖集》来，喜而留之，余非能知妻梅子鹤之诗者，因少时曾有此刻本，故不能无恋恋。查旧日记第七册，光绪壬寅正月十六日，以钱二百文托孙朝升从江南官书局买长洲朱氏重刻《林和靖诗集》二册来，屈指计之已是三十七年前事，思之惘然。本家举人椒生公时为管轮堂监督，讲道学，诵《感应篇》，放生，收字纸。孙朝升即专司收字纸之人，江北人，已年老矣，尝面谀公，老爷行善多，已可成地仙，胡尚未仙去耶，大为公所不喜。余与伯升叔则常请其往城南行脚时代买物事。公厉禁食牛，而孙朝升字纸担中每为我辈藏白切熟牛肉来，在号舍中喝白酒，以盐蘸牛肉食之，殆因系禁物之故，觉得似特别有味也。

《天津文抄》

中国向来有汇刻地方著述为丛书或总集者，此虽似未免乡曲之见，但保存文献功效甚大，于读书人亦极有便利。近来因搜集徐沅青著作，稍买得天津的总集类书，有《天津文抄》四册，亦是庚申岁金氏所刻，纸墨颇佳，与《屏庐丛书》相同。原书分二十四卷，华少梅编，其子听桥所增订，今裁并为七卷，多所删削，即使后人于义法体例有见到处，以此改变昔人著述面目，觉得亦是得失参半。闻近世有人重刊《戴南山集》，乃倩人篇篇加以斧正，使成为桐城派文，以此例彼，固尚少胜耳。书名原为《津门文抄》，盖拟与梅氏诗抄相对，今改称《天津文抄》，虽云纪实，揆之名从主人之义，亦不无缺憾。华少梅又著有《脞录》二卷，幸得有一册，首尾无序跋题叶。有墨笔点窜及书眉批语。看首叶碧琅玕馆一印，知是杨庸叟手笔，亦可珍也。

庸叟著有《碧琅玕诗钞》正续各四卷，文集惜不得见，只于《文钞》中录存四首而已。《文钞》刻颇精而校似有疏忽处，卷一胡捷余武贞公议中，主张以周定夫、王玄趾、潘子祥诸人从祀，玄误刻作立字，胡象三盖原籍会稽，故文中尚称吾越也。

《四史疑年录》

买得《四史疑年录》两册，凡七卷，阮刘文如著。前有阮云台嘉庆二十三年序，著者自序，谭复堂光绪二十一年序，题叶后面乃署宣统元年春王月刻。案此盖是榆园许氏旧刻，当成于光绪丙申，十馀年后不知为谁氏所得，乃改刻年月，村俗可笑。卷五中是仪之名凡两见，均未避讳，又每卷撰人题曰仪征女士某，可知其非刻于宣统时也。

录中第一人是项羽，得年三十一，此人的确不愧为英雄。但是看下去，最可叹异的还是董贤，年止二十三，这除了有些王子后妃以外，名人中顶年青的总要算是他了。吾乡金古良撰《无双谱》，“垓下叹”与“恐惊寐”均俨然居卷首。此二人真不可及，而张子房更出其上，此则由于金君黍离之感，与其以文山结末同一意思耳。

卷地皮

沈丙莹著《春星草堂集》中有《星匏馆随笔》十二卷，卷六有一则云：

> 《山堂肆考》，王知训帅宣州，性贪婪，因入覲赐宴，伶人戏作绿衣大面如鬼。或问何为者，答曰，我宣州土地也，知训入覲，连地皮卷来，故至此。案《江南遗事》载此乃徐知训事，今俚语卷地皮本此。

案今通称刮地皮，此系俗语，不能知其所本，大抵只能根据文献，如五代纪录中见此语，可知其时已有之而已。伶人用语率取当时最通行者，以博一笑，有如今之相声等，未必自我作古，创造新语，待有人著录，传至后世，为俚言之所本也。古来学者喜就载籍所记，推定为某语本源，往往本末倒置，揆诸事理亦复难通，此则甚惑也。记有人著书，言男女淫乱始于何时，读之不禁失笑，而言者凿凿有据，仿佛记得说是妹喜时，正是很好的例子。

宝竹坡

清宗室遐龄号菊潭，著有《醉梦录》二卷，《岭云斋诗草》一卷，光绪乙酉白纸石印，抄写多误，而文可读，虽亦间谈因果怪异，却颇质朴，前读敦崇笔记亦如此，此盖是旗下人之特色欤。《醉梦录》卷上《宝太史春联》一则有云：

宝竹坡廷，余族弟也，风流倜傥，才轶绝伦，其未遇时自撰春联云：小室难容佳客坐，柴门未许俗人敲。又，无事且扪尸下穴，有心难对谷旁人。如此类甚多，今略举一二以概其馀。

又卷下记刘亨庆酒后诵罢官诗云：

闽浙衡文眼界宽，两番携妓入长安，
微臣好色原天赋，只爱蛾眉不爱官。

此亦是竹坡之作，菊潭甚加责备，惟比对联乃已蕴藉多多矣。案宝廷以江山船案罢官，时为光绪八年壬午，遐龄自序为癸未夏，正是其次年，《越缦堂日记》

三十九册中记此事，亦大有微词。其实此等事本不必深论，乃宝廷晚年忽讲道学，庚寅著《庭闻忆略》，夏震武为刊行之，曾在厂甸得一册，对照读之，不禁微笑。昔见吾乡某甲所著随笔，一小册子中起头大谈圣经贤传，末了则讲市井小儿的猥亵话，与此正相似，不过首尾颠倒而已。

《金陵游记》

得《金陵游记》一卷，渔洋山人著，板心下端刻“阮亭古文”四字。考其时当是康熙三年甲辰也。卷中凡游记八篇，题名记七篇，大抵均见于《渔洋文略》卷四，而文字稍有异同。第六篇《六朝松石记》，《文略》不收，馀亦多所删削。《文略》刻于康熙三十四年，渔洋年已六十有二，故文益简劲，但游记得存其少作，又两本异同处有如原稿上改窜之迹，阅之亦极有意思。卷首有小序六，为杜茶村、陆丽京、施愚山、冒辟疆、尤西堂、陈其年之作，王西樵题诗一章，在合集中便不可得见矣。此数文在诸人集中不知收存否，即有之亦极不易见到，因此更感觉原刻单行本之可贵，盖与合集允宜并重者也。阮亭文雅洁，少嫌其欠腴，茶村序称欲撰《金陵景物略》非阮亭不可，恐是过誉。此事须得有见识魄力，阮亭于此殆未能胜。如多写此类游记数十篇，固亦可喜，但仍是文集中物，未必能自成一部著作耳。

《左庵词话》

《左庵词话》二册，不记卷数，各册页数自为起讫，惟一册末有跋语六行，姑以此定为上下册耳。下册有一则云：

> 《草堂诗馀》所录皆鄙俚，万不可读。舒白香《词谱》虽仅百首，调多未备，然皆选佳作，足资规模，不枉竹坨当年向钱遵王家巧偷得来。

偶然兴到涉笔，将《词谱》与《绝妙好词》混而为一，张冠李戴，虽是疏忽，但亦事所常有，不足深怪也。龙顾山人撰《清词玉屑》卷五云：

> 许迈孙娱园亦曰榆园，池亭树石，胜擅江左，其佳处曰疏香林屋，曰潭水山房，曰藕船，曰还读书堂，曰莲花诗龛，曰微云楼，山阴王眉叔各谱《望江南》写之。

其错误亦正相同。许迈孙固亦有其娱园，惟有疏香林屋等之娱园乃在会稽小皋步，盖是秦秋伊之园，戊戌前后屡游其地，微云楼已不能登，潭水山房尚完好，乃只是一楹屋，阶前有一方池，别无甚佳趣也。秦氏于光绪丙戌刻有《娱园诗存》四卷，卷三为《萝赏集》，集录同人题咏诗词，王眉叔《望江南》词共十首均收在卷内，龙顾山人所录盖是王氏《笙月词》，此词适为许迈孙所刻，遂以此误会耳。

《思痛记》

李小池著《思痛记》二卷，余于戊戌冬间买得一册，于今已四十馀年矣，时出披阅，有自己鞭尸之痛。李氏别种著作，亦曾着意收罗，见《思痛记》尤欲得之，至今已有三册，新旧稍不同，内容则一，前又得其一，墨暗纸敝，末叶墨题一行云，丙申九月筱园读于沪滨，印文曰小园，各本均只有光绪六年高鼎序金遗跋各一，此本乃多有光绪十三年黄思永序一篇，盖后刻加入者，故为早印本所无也。洪杨之事，今世艳称，不知其惨痛乃如此，黄氏自称固身遭大痛而未忍言者，序云，今读是编，语语酸楚入心坎，不觉旧痛触发，涕泣交流，良可悲矣。

往日尝读鲁叔容《虎口日记》，杨德荣《夏虫自语》，李召棠《乱后记所记》，觉得都不甚奇，惟此记所书殆可与《扬州十日记》竞爽，思之尤可畏惧，此意正亦不忍言也。余收集《思痛记》已有四册，本意亦拟分给他人，惟解者不易得，故至今未损一册。前曾借给胡适之君一读，不知其印象如何，当时不愿追问，适之亦是识者，想亦以此不曾给什么回答也。

（民国二十九年四月十八日记）

看书馀记

读《东山谈苑》

《东山谈苑》卷七云：“倪元镇为张士信所窘辱，绝口不言。或问之，元镇曰，一说便俗。”此语殊佳。余澹心记古人嘉言懿行，裒然成书八卷，以余观之，总无出此一条之右者矣。尝怪《世说新语》后所记何以率多陈腐，或歪曲远于情理，欲求如桓大司马树犹如此之语，难得一见。云林居士此言，可谓甚有意思，特别如余君所云，乱离之后，闭户深思，当更有感兴，如下一刀圭，岂止胜于吹竹弹丝而已哉！

民国二十七年二月二十日灯下记于苦茶庵西厢。

附录一　关于《东山谈苑》

启者：读贵刊三十三号关于影印东山谈苑记事，中云，“唯自清初至今尚无刻本，学者憾之”，此似与事实稍不符。玉琴斋词末有戊辰（民国十七年）陈散原先生跋云：“东山谈苑者为余家旧藏抄本，笔致娴雅，疑亦澹心所手录，早岁侍先公居长沙，曾用坊肆铅制字印行，今垂五十年矣，印稿既散尽，原抄本亦失。”此种印本鄙人曾于戊戌前后购得一册，题页背面云，“光绪丁丑酉腴仙馆仿聚珍牍”，即一八七七年，距戊辰（一九二八）盖五十一年矣，然在三十五六年前则普通书坊中固常能见到也。

此上

图书副刊编辑部台鉴

六月三十日，周作人启。

附录二　寄甘山

手书诵悉。承示文章，颇有兴趣。昨晚偶读余澹心《东山谈苑》，随笔写一小文，另纸录呈，以发一笑。无兴趣亦无闲暇写长篇文字，随手作百许字题记，聊可自娱，但苦于不能惬好，大抵不难于巧而难于拙，阁笔自思，往往惭愧与快乐夹杂也。

上午方录好一纸，开元师兄来便尔持去，饭后重抄，恐字益草率矣。不具。

二月二十一日，药堂白。

读《大学》《中庸》

近日想看《礼记》，因取郝兰皋笺本读之，取其简洁明了也。读《大学》《中庸》各一过，乃不觉惊异。文句甚顺口，而意义皆如初会面，一也。意义还是难懂，懂得的地方都是些格言，二也。《中庸》简直是玄学，不佞盖犹未能全了物理，何况物理后学乎。《大学》稍可解，却亦无甚用处，平常人看看想要得点受用，不如《论语》多矣。不知世间何以如彼珍重，殊可惊异，此其三也。从前书房里念书，真亏得小孩们记得住这些。不佞读“下中”时是十二岁了，愚钝可想，却也背诵过来，反复思之，所以能成诵者，岂不正以其不可解故耶。

（三月五日）

读《经律异相》

阅梁宝唱编《经律异相》，卷四十八“禽畜生部十”，“千秋”条下引《婆须蜜经》第八卷云：“千秋人面鸟身，生子还害其母，复学得罗汉果，畜生无有是智及有尊卑想，不受五逆罪。”中国旧说，鸟兽中之不孝者有枭与破镜，破镜不知为何物，枭则世间多有，只会吞吃小鸟及老鼠等，不能食他鸟也，而久蒙食母之恶名，千秋人面鸟身，岂亦其同类耶。印度事情不能知悉，惟其体察物情，开遮合理，先贤博大之精神可想也。中国儒生严于人禽之辨，而此等处又缠夹不清，有愧和尚们多矣。

（三月九日晨记）

读《柳崖外编》

徐崑后山著《柳崖外编》十六卷，笔意学聊斋，世又传其为蒲留仙后身，论其位置，大抵也就是如此。卷十五《断肠草》一则，辨证名物，别有意思，案语第二节中，辩《兼明书》谓蔓菁即萝菔之非，有云：

> 如黄鸟亦名仓庚，亦名黄鹂，《诗经》屡见，而乡人不作如此呼也。余少年初到家乡，时春日双桐斋畔黄鸟睍睆可听，而乡人呼之曰黄瓜娄，盖即黄栗留之转讹，若非羽毛声音显然可辨，又乌知黄瓜娄之即黄鸟也。世儒泥于章句，不暇向老农老圃细细商榷，妄逞臆说，未有不如《齐民要术》及《兼明书》之自以为是者。

此数语说尽笺注虫鱼之通病，只郝兰皋一人或可称例外耳。现代博物学家可以有兴趣来提倡古文，却无意于考订文史上的名物，此是别一种鄙陋，而其病源则一也。博雅之士，才真能使学术与艺文接触，中国到何时始有此希望，俟河之清，人寿几何，思之怅然。

读《云仙散录》

《云仙散录》三百馀条，一读即可知是冯氏所自造，大抵爱华丽纤巧，与陶穀之《清异录》鼻息相通也。援引虽不足凭信，后世即据此为故实，通用至今者亦复不少。卷中三出《渊明列传》，所写却都不似，犹不如《庐阜杂记》所说攒眉一事，能具陶公面目。其记孟浩然的两节，如苦吟至眉毫尽落，又看视鱼竹，均颇有可喜处，虽然竹有几节，鱼有几鳞，不佞亦是不知，本来笑不得孟君也。

（三月廿一日）

题《藤阴杂记》

戴菔塘《藤阴杂记》十二卷，清末有重刊本。数年前曾求得其原刻，自序署嘉庆丙辰，题叶只写书名，不记年岁。近日又得一部，则左右有字两行云，嘉庆庚申增辑，石鼓斋镌。校阅本文，计卷一末多一则，卷八多两则，卷十二多一则，原板补刻者也。昔尝与饼斋戏语，模拟书中所记，大抵如云，朱竹垞迁居至南横街，中途覆车，损一书簏。惟事虽琐屑，亦复有可喜处，只可惜诗多而记事少耳。

（四月十三日烛下记于北平知堂）

重刊板现存湖州会馆，民国初年有董君新印若干以赠人，寒斋因亦有其一部。董君时为部吏不得意，一日访乡先达于积跬步斋，大发牢骚，意欲蹈海。先达倾听良久，徐答曰，我看可以慢慢的来。本系方言，难以记录得恰好，惟此应答极有意思，前辈风度俨然如见，可以收入民国的《世说》中去。因《藤阴杂记》辄复忆及，附记于此，亦复可备吴兴掌故之一也。

（三十二年九月二十日）

读《孔子集语》

孙星衍辑《孔子集语》卷二，据《太平御览》四百八十二引师觉授《孝子传》云：

> 仲子崔者，仲由之子也。初子路仕卫，赴蒯聩之乱，卫人狐黡时守门，杀子路。子崔既长，告孔子欲报父仇，夫子曰，行矣。子崔即行。黡知之，曰，夫君子不掩人之不备，须后日于城西决战。其日黡持蒲弓木戟，而与子崔战而死。

此文重在记子崔之孝，但是我们看过去留在眼里的，却是狐黡。此等人盖是周时所特有，如《孟子》里的庾公之斯，《檀弓》里的工尹商阳，武士而有儒雅气，殆是儒家理想的传说英雄，与《史记》刺客列传中人气味又不相同也。传说中的人物与事件，未必实有，但于此可以见造作者的心情愿望，亦是有趣味的事。我所以喜欢此故事者，盖亦为此故耳。

（廿七年四月十四日）

题《乡言解颐》

《乡言解颐》五卷，十年前在孔德学校见书估挟此书，隅卿谓尚可看，劝以薄值收得。内有缺叶，去年夏从石君借得一本，抄补卷末所缺两纸，卷三则仍缺一叶也。书中不出撰人姓名，惟自序称瓮斋老人，据本文知其姓李，宝坻人，号朴园而已。前日在南新华街得《虚受斋诗钞》十二卷，附《朴园感旧诗》一卷，宝坻李光庭著，乃知即是此人。《乡言》中之造室十事（庚子），消寒十二事之八（己丑），新年十事（丁亥），杂物十事（己亥），金银钱三事（戊戌），各诗均见集中，注有年岁。诗抄止于庚子，《乡言》题署庚戌，盖又十年后矣。朴园诗虽卷卷有张南山批点题咏，以余观之，其可喜终不及《乡言》，而《乡言》中之记述注解亦比所收韵语为可贵。余喜得诗抄，因其为瓮斋之作，实犹屋上之乌鸟耳。《乡言》在隆福寺街又陆续得二部，卷三缺叶如故，殆真是板缺，无可如何，至今亦未能借得全本抄补之也。

（四月二十六日）

题《会稽三赋》

《会稽三赋》为越中一重要文献，诚如陈春氏所云，吾郡人家置一编，只可惜寒斋所收不多，亦无珍本耳。此章石卿刊本，系乡人所刻，且字大疏朗可喜，较惜阴轩刻尤便于观览，惟原本有陶歇庵序，南姜泉后序，今乃悉不存，未审何故，岂或偶脱落耶。

（四月二十七日记）

案《会稽三赋注》通行有两本。甲一卷本，宋周世则史铸注，有史序，萧山陈氏山阴杜氏均有重刊本。乙四卷本，明南逢吉尹坛注，有南跋，凌弘宪陶望龄序，天启中吴兴凌氏刊朱墨印本。此本因有歇庵眉批及总评，颇为周郑堂不满，惟此后好些刻本从此出，惜阴轩本即是而删凌序，章氏本则并去陶序，虽曰渐就雅正，而别无题记说明其来源与变革。刻书固是好事，而未免缺少诚实，近于市人所为，稍可惜耳。

（三十二年秋分前日，雨中附记）

题十种古逸书

三十年前曾有《茆氏十种》一部，竹纸旧印，心甚喜之，惜久已失去，欲再买，终因循未果。前日有书估携此一部来，白纸而书品不佳，以价不昂，乃收得之。辑录古书，本多可喜，惟余所惓惓于此书者，殆有故友之思，如《毛诗品物图考》类耶。十种中觉得最有意思者是《古孝子传》，因其收罗特备，便于观览，原本文章质朴，态度真率，无论记何事都不失静穆之气，所以可取也。尝欲取《列女传》《孝子传》以至《东山谈苑》，以意点定之，亦可消遣，只可惜中选者恐不能多，未免扫兴，以是迟迟耳。

（二十七年四月二十九日）

顷又得一部竹纸印者，有"之江文理学院图书馆珍藏"印，板心较高大，当是原刊本。此翻刻不知系何时所刊，苟非得别本比较，一时亦不易看出。首叶序文第九行，原文云，所赖于后来者，今误赖为颖，此或是一种后刻之证明欤。

（三十一年十二月九日再记）

读《眉山诗案广证》

《眉山诗案广证》卷六附载中，录东坡祭黄州太守徐君猷文，张秋水案语中有一节云：

> 君猷后房甚盛，东坡“常闻堂上丝竹”词中，谓“表德原来是胜之”者，所最宠也。东坡北归，过南都，则其人已归张乐全之子厚之恕矣。厚之开宴，东坡复见之，不觉掩面号恸，妾乃顾其徒而大笑。东坡每以语人，为蓄婢之戒。

余读之颇有感，东坡之不能忘君猷，与胜之之不记得，岂不皆宜哉。又见《东坡事类》卷十二引《宋稗类钞》云：

> 王定国岭外归，出歌者劝东坡酒，歌儿曰柔奴，姓宇文氏，眉目媚丽，家世住京师。坡问柔奴：“广南风土应是不好？”柔奴对曰：“此心安处便是吾乡。”

此言甚柔和，却是极悲凉。嗟乎！此正与胜之大笑相表里也。吾不解儒者何以不能懂得此意，不佞非学佛人，于此稍有知识，盖亦半从儒出者耳。审如是，则儒之衰久矣，吾辈乃得其坠绪而维系之者也。此语奇矣，我却相信是不错的，但知者自知，若勉强告示，犹如嚼饭哺人，或敲头劝学，殆无用处也。

（二十七年五月一日，知堂记）

题王氏刻《荛圃藏书题识续录》

此《续录》两册价奇昂，在此时尚有人刻木板印连史纸，已属难得，价昂可原谅也。惟其纸乃横折，触手即知，余最所不喜。能刻书而不知用纸，何耶？

（五月三日记于北平）

读《解脱集》

袁中郎与江进之书云："越行诸记描写得甚好，谑语居十之七，庄语居十之三，然无一字不真，把似如今假事作文章人看，当极其嗔怪，若兄决定绝倒也。"此语殊不虚，但如《鉴湖》一篇中所言，亦有失之颠处。要知此不必一定是解脱，盖颠狂也会有谱，反而不解脱也。前半说贺家池实佳，其夸石篑语则真大大的落了套矣。大家却亦笑不得中郎，只可默识之以自镜耳。诗不敢说，贺家池诗中自称袁阿宏，诗文中又常提及阿宾，偶尔见之亦觉得有风致。中郎殁后，小修为订定全集，乃于其《西湖一》中改去觅阿宾旧住僧房一句，此等处均颇有情趣，思之亦复可笑可喜也。

（五月八日晨书于旧苦雨斋东窗下）

题古槐书屋制笺

昨晚平伯枉顾，以古槐书屋制笺一匣见赠，凡四种，题字曰，“何时一尊酒”“拜而送之”“企予望之”“如面谈”，皆曲园先生自笔书画，木刻原板，今用奏本纸新印，精雅可喜。此数笺不见于《曲园墨戏》一册中，岂因篇幅稍大，故未收入耶，而乃特多情味，于此可以见前辈风流，不激不随，自到恰好处，足为师范。观市上近人画笺，便大不相同。老年不一定少火气，青年亦不一定多润泽味，想起来极奇，或者因不会与会之异乎。此笺四十枚，随便用却亦大是可惜，当珍藏之，因题数语为识。

（五月二十日）

读《养和轩随笔》

陈伯雨著《养和轩随笔》云：

> 纪文达公《阅微草堂笔记》云，蟹受汤镬之苦比他物为甚，未尝不触君子远庖厨之心。及阅俞曲园《茶香室丛钞》，引骈蕖道人《姜露庵杂记》云，蟹生而母死，争食其肉，水族之枭也，则老饕之嗜可援以自解矣。

案骈蕖道人即吾乡施山，著有《通雅堂诗钞》十二卷，其《杂记》六卷有申报馆印本，后又有家刻木板本，在说部中尚非下乘，而卷二说蟹及鳢乃极可笑。越中老年人[①]食湖蟹，尚须备木墩铁椎，用以敲壳，不知小蟹如何得食，此即不合物理；若其谈及虫鱼的伦常，不能如印度大师之明智，却尚在其次耳。关于鳢鱼则云，鳢生而母盲，以身饲母，水族之乌

【锺校】

①“老年人”原作“老人年”。

也。如既已以身饲母，世间便无有小鳢矣；且渔人常捕乌鳞鱼，货之于市，亦未尝见有盲者。施寿伯当是居于直乐施一带的水乡人，对于水族之事似殊不甚了了，亦可异也。

（五月廿一日）

读《陶庐五忆》

金武祥著《陶庐五忆》有“踏青更带小鸡钱”之句，注云：“昔人诗云，杖头间挂百钱游。吾乡则有‘踏青须带小鸡钱’之谚，盖暮春田家伏卵哺雏，巷陌皆满，举步偶一不慎，致伤微禽，或须给钱以偿之耳。”沈同芳评乃云：“小鸡钱亦曰小饥钱，谓携钱购食以充饥也。”案金注自是事实，江浙情形相去不远，读之如见春日长闲光景，住民以门前为其院落，鸡豚游行自在，固与石板地改为马路后迥不同耳。沈评盖后起附会之说，小饥钱固嫌不词，且如此说便索然无味，真是点金成铁手也。注解家好出奇制胜，往往如此，鸡尸牛从，即其好例。但天下佳妙事又多在寻常中，若懂得这一点，则读书作文当可以无大过矣。

（五月廿三日漫记）

题《阮庵笔记》

廿七年戊寅端午前三日，隆福寺书估携此书来，乃收得之。在此时尚买闲书，奇矣，但不看书又将如何？

《阮庵笔记》素所喜爱，惜《餐樱庑随笔》等尚未收入耳。其好处第一是不记怪异，谈报应。谈报应是明清文人一大毛病，虽阮伯元亦不能免，但如一染此病，百事便都不足观矣。

《蕙风簃二笔》卷二注云，余撰笔记，雅不喜撮抄近人词诗，惟于乡邦文献，则未忍概从弃置。此意亦可喜，而其文笔朴实，风趣闲雅，自有胜地，近代著作中少见其匹。粟香室亦有五笔，而持与比校，显有上下床之别，此中固自有确实可据者在也。

五月三十一日晨风雨晦冥中，坐旧苦雨斋东窗下记，庭院中水已没阶，有巨蛙鸣声出自草里，忽断忽续也。

记海瑞印文

偶读《论印绝句》，查药师诗有注云：

海忠介公印，以泥为之，略煅以火，文曰司风化之官。观之觉忠介严气正性，肃然于前。见周栎园《印人传》。

余平日最不喜海瑞，以其非人情也。此辈实即是酷吏，而因缘以为名，可畏更甚。观印语，其肺肝如见，我不知道风化如何司，岂不将如戴东原所云以理杀人乎。姚叔祥《见只编》卷上云：

海忠介有五岁女，方啖饵，忠介问饵从谁与，女答曰，僮某。忠介怒曰，女子岂容漫受僮饵，非吾女也，能即饿死，方称吾女。此女即[1]涕泣不饮啖，家人百计进食，卒拒之，七日而死。余谓非忠介不生此女。

【锺校】

① “此女即”原作“此即女”。

周栎园《书影》卷九所记与此同，余读之而毛戴。海瑞不足责矣，独不知后世啧啧称道之者何心，若律以自然之道，殆皆虎豹不若者也。

（六月八日，知堂书）

读《泊宅编》

《泊宅编》卷上有一则云：

> 宗泽，婺州农家子，登进士科，任馆陶尉，凡获逃军即杀之，邑境为之无盗。时吕大资惠卿帅大名，闻其举职，因召与语，仍荐之，且诫曰，此虽警盗贼之一策，恨子未阅佛书，人命难得，安可轻杀，况国有常刑乎。泽靖康中为副元帅，后尹开封卒。

《四库提要》乃议之曰，至宗泽乃其乡里，而徽宗时功名未盛，故勺颇讥其好杀，则是非未必尽允。案原文明系泽做了副元帅开封府尹后所说的话，而《提要》乃以为在其功名未盛时，故施轻诋，可笑甚矣，此无他，亦只是要统制思想耳。宗岳诸公既奉为偶像，便不能再说，即记其从前好杀好掠，亦是是非未允了。这里更有感触的，乃是胜残止杀还得求之于佛书，读圣贤书，登进士科，而尚不能知人命之重，念之郁郁不快者久之。

（六月八日记）

《白石诗词》题记

《白石诗词集》，寒斋有四印斋王氏，榆园许氏，野水闲鸥馆倪氏，涵芬楼影印陆氏各本，同出一源。此外有一本，诗词各止一卷，末有跋，署康熙甲午秋禊日玉几山人陈撰书。同时别得一本，原板后印，前有序署雍正丁未四月，歙陔华洪正治书，陈跋末康熙甲午云云十四字，则改刻为“陔华先生服奇道古，雅喜是编，爰为开雕，冀垂永久，盖其表章之功匪细也。丁未清和，钱塘陈撰玉几书”。盖陈本系原刊，其后十数年板归洪氏，乃改窜旧跋，未免可笑。其实玉几山人与陔华先生实在有何情分，亦尚不可知也。洪氏刊有《证人堂人谱》二册，甚精好，序署雍正丙午，正是前一年事，而白石诗词乃如此苟且，奇矣。况周仪《香东漫笔》卷一，列记所藏白石集，有歙洪正治本，无陈撰名字，四印斋榆园各刻亦只举洪本，然则悉未曾见玉几山人原本耶。此一册有康熙甲午跋者，虽经裁截改订，书品不佳，盖亦难得而可宝矣。

（六月十五日）

题《四奇合璧》

《四奇合璧》四卷，光绪八年刊，题花下解人编，卷首有三借庐主人序，称吾友慕真山人所作。案邹弢著《三借庐赘谭》卷四有俞吟香一则，中云：

> 君姓俞名达，自号慕真山人，中年累于情，余以惜玉怜香才人常事，未敢深惩其失也。比来扬州梦醒，志在山林，而尘绁羁牵，遽难摆脱，甲申初夏遽以风疾亡，为之叹息不已。著有《醉红轩笔话》《花间棒》《吴中考古录》《闲鸥集》等书，诗亦清雅不俗。

《申报》馆光绪四年间刊有《青楼梦》六十四回，亦是慕真山人著，有邹弢序文，而《赘谭》中并不说及。《四奇合璧》岂即《花间棒》耶，疑未能明。所谓四奇，乃是美谈韵语痴想绮愁各一卷，盖是李笠翁《闲情偶寄》，张山来《幽梦影》之馀绪，而本来力弱，又是学步，遂愈见竭蹶，大有秀才岁考之概矣。光绪初吴下多才人，如王韬蔡尔康邹弢皆是，而一样才薄，此派盖已成弩末，亦是大势所趋也。书中自称《四奇合璧》，王廷学题字乃于其上加品花二字，其实本非谈冶游者，如时式说法，当云香艳小品耳。

（七月十六日）

读《小柴桑喃喃录》

陶石梁的声名虽然不及他老兄石篑的大，他的文集也未得见，但是我读所著《小柴桑喃喃录》二卷，却很觉得佩服。此书自序中云："余年已望七。"其时为崇祯乙亥，在明亡前十年，阅历既多，忧深思远，而文笔朴实，令人想起《颜氏家训》来，每展卷不胜感叹。卷上有一则云：

> 吾辈治家，于凡五谷果茹之类，皆须自为料理，至于下人偷窃自不能免，但不至太甚则可矣。慈湖先生曰，先君尝步至蔬圃，谓园丁曰，吾蔬每为人盗取，何计防之。园丁曰，须拼一分与盗者乃可。先君因欣然顾某曰，此园丁吾师也，作家者亦宜知此意。

语甚平淡，却不能轻轻看过去。不佞亦是附和陶君之一人，但是如此世间如此办法，究竟是好是坏，难道在中国儒与法竟不能用，惟黄老之术乃可耶。不佞虽曾思索，终未能明白也。

（七月十六日）

去年得石梁集于杭州，名曰《赐曲园今是堂集》，现存诗十卷，词一卷，其后或当有文集，今无存。卷首有崇祯壬午刘念台序，称私谥文觉先生，已在石梁卒后。查诗集卷十最后为己卯，时年六十九，盖其卒年，因此可知其生于隆庆五年辛未，卒于崇祯十二年己卯也。目录首行下有长行朱文印曰，吕晚村家藏图书，真伪亦不可辨。

（民国癸未九月廿四日秋分节记）

读《南皐山人诗集》

幼时读《板桥诗钞》中绝句二十三首，乃于音五哥图清格之外记得有高西园。近阅鲍辛甫著《稗勺》，见有题曰《真雅文俗》，其文云：

> 紫幢王孙文昭厌交旗下人士，谓非真雅。高南皐评南方士人多文俗。二君皆与余善。

觉得南皐山人洵是妙人，出诗集七卷，读之，虽有可喜处，惜实不解诗，总无可说。不佞最善傅青主，可谓真雅，若南皐者当在次位。诗集卷二中有《儿童诗》《小娃诗》各四首，此类文字非俗士所能下笔也。

（廿七年七月十六日）

读《毛诗草木疏》

唐子西《文录》云："《诗疏》不可不阅，诗材最多，其载谚语如络纬鸣懒妇惊之类，尤宜入诗用。"《茶馀客话》卷十一云："宣圣训学诗多识鸟兽草木之名，予尝①谓《尔雅》是一部好诗料，他如陆玑《诗草木疏》，刘杲《离骚草木疏》，王方庆《园庭草木疏》，李文饶《山居草木疏》，皆诗家之碎金也。"就作诗而言，这些话都不错，欲求诗料本来须得向自然里去找也。但是《诗疏》这书却实有可喜处，在此类古书中自当占第一位。刊本颇多，不佞最喜焦理②堂所编本，毛子晋《广要》亦佳，则取其繁富耳，原刻本虽不难得，不佞以为青照堂重刊本更便，李时斋有眉评，亦时有佳语也。

（七月廿二日雨后）

【锺校】

①"尝"原作"当"。

②"理"原作"里"。

读《舒艺室随笔》

张文虎著《舒艺室随笔》六卷，考证经史文字，非不佞所甚解，但亦买得一部，盖贪其纸大而字清疏也。卷一关于《尔雅》有一则，却甚喜欢，文云：

> 蚬缢女，注，小黑虫赤头，喜自经死。案此虫当秋后作茧，吐丝自悬，非死也，久之乃化蛾蝶之类飞去，盖亦蚕之一类，然如蛄蟴尺蠖皆如此，不知何以独擅此名。蚬疑即觃之异文，《六书故》引唐本《说文》云即茧字，是也。

郝懿行在《尔雅义疏》此条下云：

> 案今此虫吐丝自裹，望如披蓑，形似自悬，而非真死，旧说殊未了也。《尔雅翼》云，有虫半寸以来，周围植丝[1]以自裹，行则负以自随，亦化蛹其中，俗呼避债虫。罗愿说此于蛄蟴下。

【锺校】

① 原无“丝”字，今增。

不知此乃蚬缢女也。

查《尔雅翼》卷二十四，“有虫半寸以来”六字原作“今石榴上复有一种，聚短梗半寸以来”，郝氏所引盖脱落“聚短梗”三字，故语意稍不明。此种虫小时候常看见，俗称袋皮虫，袋皮者麻编米袋也。小儿捕得之，辄迫之出袋以为游戏，并无上吊的联想，孙炎乃至谓此虫多民多缢死，则何耶。古人观察物情或多谬误，此亦不足怪，但后人往往因袭旧说，不知改正，乃为可笑耳。张君知道缢女非缢，与郝兰皋的意见相合，可谓难能矣。不佞考据非所知，但觉得即此一节已大可取，盖自然之考据在中国学士文人间最为希有可贵也。

（七月廿三日晨记）

记嫁鼠词

徐时栋《烟屿楼读书志》卷十六，《清白居士集》第五条云：

> 杭俗谓除夕鼠嫁女，窃履为轿。《蜕稿》中有《嫁鼠词》，中有警语云，好合定知时在子，以履为车鼠子迓，鼠妇新来拜鼠姑，鼠姑却立拱而谢。运用自然。

萧山寅半生编《天花乱坠》二集卷五有王衍梅《鼠嫁词》，小引云：

> 《虞城志》正月十七夜民间禁灯，以便鼠嫁。

诗凡二十五韵，有云：

> 颠当守门防客走，拱鼠前揖将进酒，
> 小姑艳过鼠姑花，厨下先尝侬洗手。

与梁作近似，但我又喜其他四句云：

> 啾啾唧唧数聘钱，香车飞驾雕梁边，

娇羞蟢镜一相照，不许灯花窥并肩。

此与以履为车纯是童话意境，在诗文中殊不易见到。鼠嫁女也是有趣的民间俗信，小时候曾见有花纸画此情景，很受小儿女的欢迎，不知现今还有否也。王衍梅著有《绿雪堂集》二十卷，查阅两过，却找不着那篇《鼠嫁词》，寅半生或别有所据欤。

（七月廿三日）

读黄生《义府》

黄生著《义府》卷下《穷裤》一则云：

晋无名氏乐辞，爱惜加穷裤，防闲记守宫。穷裤字出《汉书》上官后传，师古注，今之裈裆裤。穷裤守宫皆防闲之具，惟其爱惜，故加防闲也。又云，今日牛羊上丘陇，当年近前面发红。盖女子幼时情事尚带羞涩，至盛年则不复然，譬之丘陇牛羊所便，其进前唯恐不速矣。以其为上陇之牛羊，此穷裤守宫之所以不能已也。

案世俗有三十如狼四十如虎之说，或以入之请旌节母之文中，传为故实，黄生亦大有此意，其大胆处可喜也。大凡说太新奇，也就容易不能确立，如《诗·采绿》云，五日为期，六日不詹。毛传云，妇人五日一御。大毛公说诗至此盖有邪心矣，无怪郑君之笺即已别立异说，后世可与之同意者其唯罗典乎。

（七月廿四日）

日前得罗典著《读诗管见》十四卷阅之，其中妙论虽甚多，“五日为期”乃解为昏期，詹同占，谓筮而詹其期之吉也，则其说亦不奇也。又闻江叔海说，“视尔如荍”罗氏以为比喻生支，今案亦不确，《管见》以荍为荞麦，谓其花秾丽而可爱，与朱晦庵之荆葵相差无几，唯罗氏谓子仲之子为丈夫子，《东门之枌》乃是男色之诗，则是其特见耳。

（八月一日又记）

近阅梁章钜著《试律丛话》，卷三举吴谷人“腐草为萤”诗三四句云，今宵萤熠熠，前度草离离，谓是逆挽法。又引纪晓岚说，李义山《马嵬》诗云，此日六军同驻马，当年七夕笑牵牛，亦用此格，最为跳脱。晋乐辞正其前例，所谓丘陇鄙意以为盖实是丘陇也。此是普通讲法，不辞迂阔，聊记于末。

（九月七日晨记于苦雨斋）

记爱窝窝

爱窝窝为北京极普通的食物，其名义乃不甚可解，载籍中亦少记录。《燕都小食品杂咏》中有《爱窝窝》一首，注中亦只略疏其形状，云回人所售食品之一而已。

阅李光庭著《乡言解颐》，卷五载刘宽夫《日下七事诗》，末章中说及爱窝窝，小注云：

> 窝窝以糯米粉为之，状如元宵粉荔，中有糖馅，蒸熟外糁薄粉，上作一凹，故名窝窝。田间所食则用杂粮面为之，大或至斤许，其下一窝如臼①而覆之。茶馆所制甚小，曰爱窝窝，相传明世中宫有嗜之者，因名御爱窝窝，今但曰爱而已。

说甚详明，家窝窝与窝窝头的关系得以明了，所记传

【锺校】

①“臼”原作“旧”。

说亦颇近理，近世不有仿膳之小窝窝头乎，正可谓无独有偶。诗为丙午作，盖是道光二十六年，书则在三年后所刊也。

（七月廿七日记于北平）

记盐豆

《乡言解颐》卷三人部《食工》一篇中，记孙功臣子科烹调之技，有云：

其所作羹汤清而腴，其有味能使之出者乎。所制盐豆数枚可下酒半壶，其无味能使之入者乎。

有味者使之出二语，李瓮斋云出于《随园食单》，所说殊妙，此理亦可通于作文章，古今各派大抵此二法足以尽之矣。但是孙科的盐豆却更令人不能忘记。小时候在故乡酒店常以一文钱买一包鸡肫豆，用细草纸包作纤足状，内有豆可二十枚，乃是黄豆盐煮漉干，软硬得中，自有风味。此未知于孙豆何如，及今思之，似亦非是凡品，其实只是平常的酒店官所煮者耳。至于下酒，这乃是大小户的问题。尝闻善饮者取花生仁掰为两半，去心，再拈半片咬一口细吃，当可吃三四口，所下去的酒亦不在少数矣。若是下户，则恃食物送酒下咽，有如昔时小儿喝汤药之吮冰糖，那时无论怎样的好盐豆也禁不起吃了。

（同日所记）

题《谋野集删》

《谋野集》尺牍本非上乘，读一二首可知其色味均不正，盖是秋水轩之先河，更益犷悍耳，而后世颇得虚名，岂即喜其火气耶。日本有覆刻本，题曰《谋野集删》，凡一卷，田子舒编，有江忠囿腾忠充二序，署享保乙卯，即清雍正十三年，距今已二百年矣。《晨风阁丛书甲集》有此书，乃朱衣点所选，析为二卷，尽去原序而自题记其上，愈见伧俗，铅字油光纸却尚其次也。王生之尺牍，本有如圣叹所说，何必删者也，而删之不已。不佞昔日搜集尺牍，苦《谋野集》太贵不能得以备数，乃得其删，及今日重看细想，其多事岂不相等乎。

（廿七年十月十五日）

读《带经堂诗话》

余有《带经堂诗话》，原刻稍后印，系叶焕彬遗书，卷首有藏书印一方。王渔洋文笔颇佳，此书编集有法，便于翻读，余甚喜之，惟展卷常见有墨丁，盖剜除钱谦益名氏，《渔洋诗话》则改为圆圈，见之每为气闷。余非有厚于蒙叟，只觉得书册如此，有如歌女面黥陈诜字样，令见者不得过耳。著书刻书都是雅事，乃弄得如此乌烟瘴气，此正与避讳及改削同是人间丑事之一也。

（十一月三日夜漫书）

读李氏《见物》

偶从估人得《见物》五卷二册，明李苏所撰，惜阴轩刊本也，万历辛巳吕坤序。书分叙禽兽鳞介昆虫，各系以论及赞，多借题发挥，不脱文人旧习。夫人诚宜以物为师，但此事要有眼光有胆力，通物理，顺人情，乃能有所见耳，鄙意此等处当有天分限之，不可强为也。李君论虽无谓，其所记叙却有可取处，又不信鹤鹊等以声交，果蠃负子，腐草化萤火诸说，均颇有见识。其论蜉蝣曰，“朝生暮死，亦谓其微耳，谁适见之”，则殊有滑稽之趣矣。五卷书中以《虫物》一编为最佳，盖由易见故耶。

（十一月十四日晨书）

《桥》

昨夜拿出废名的《桥》来读，看到第十八节曰《碑》，上篇就完了。不知怎的有点怅然，似乎是觉得缺少什么似的，还不大够。废名在自序中也说过：

> 本来上篇在原来的计划还有三分之一没有写，因为我写到《碑》就跳过去写下篇了，以为留下那一部分将来再补写，现在则似乎就补不成。

这里缺了一部分本来也没有多大关系，而且著者也说过补不成了，但缺少总是缺少，仍是不禁怅然。这册《桥》我是读过一回的，到现在才明了的感觉这缺少的惆怅，可知是不无些少长进，这一岁也还不算白增加。《桥》的文章仿佛是一首一首温李的诗，又像是一幅一幅淡彩的白描画，诗不大懂，画是喜看的，只是恨册页太少一点，虽然这贪多难免有点孩子气，必将为真会诗画的人所笑。可是我所最爱的也就是《桥》里的儿童，上下篇同样的有些仙境的，非人间的空气，而上篇觉得尤为可爱，至于下篇突然隔了十年的光阴，我似乎有点一脚跳不过去。这样说来，《碑》以后的三分之一可见得还是个缺少，假如这个补上了，那么或者也就容易追随得上，我这样想，却还未敢相信。中国写幼年的文章真是太缺乏了，《桥》不是少年文学，实在恐怕还是给中年人看的，但是里边有许多这些描写，总是很可喜的事。

（廿八年一月廿二日）

题《留我相庵诗草》

不佞不懂诗，故买诗集往往不以其诗而以其人，犹搜集手迹之意耳。吕光晨不知为何人，因见卷首有钱振锽序盛称之，故从厂甸摊头买得，此则更是间接因钱君的关系，反正诗原是不懂，亦无耳食之嫌也。共读楼辑本《室名索引》不免尚多阙略，而留我相庵则已著录，可知此事亦有因缘，寒斋未有许多大家别集，却存此二册诗草，正是同样的实例也。

（一月廿八日）

《思元斋续集》

得《西斋三种》后，稍搜集八旗人著作，此中健者自当推法式善，百龄、铁保虽亦与于三才子之列，抑又其次矣。诗文集颇不少，一时难以悉收，因先以板刻佳好者为限。《苌楚斋随笔》中举高斌《固哉草亭诗》，高其倬《味和堂集》，以为至佳，此二者固亦不恶，近得《思元斋续刻诗文集》乃亦别有风趣。案《八旗文经》五十九，作者考丙云：

> 宗室裕瑞，字思元，豫通亲王裔，封辅国公。尝画鹦鹉地图，即西洋地球图。通西蕃语，谓佛经皆自唐时流入西藏，近日佛藏皆出一本，无可校雠，乃取唐古特字译校，以复佛经唐本之旧，凡十馀箧，悉存于家，伯熙云犹及见之。著有《思元斋全集》《续集》。

据所记可知其为非凡人，观《续集》亦正如是。全书皆手写精刻，《东行吟钞》稍工整，作亦平平，

《沈居集咏》《枣窗文续稿》二种则用行楷，皆潇洒出俗，诗亦有佳语而文尤胜，虽只十四小篇，足以胜人多多许矣。《二桃杀三士论》《邓攸弃子存侄论》《韩昌黎盘谷序论》《厚葬薄葬论》，均可读，见识通达，文士中不可多觏，若《试金石砚记》《鳣说》，则又是别一类佳作也。《集咏》自序满是牢骚，而以诙诡出之，颇疑其当初以文字得祸，序首自称于嘉庆癸酉岁十月获谴居东，作序时在道光戊子，文稿序在庚寅，可知其谪居沈阳盖已历十七年矣。查《啸亭杂录》卷六癸酉之变条下有云："以失察故，革禄康、裕瑞职，发往盛京居住。"然则其获谴乃因林清一案。文盖以穷而工，其诗文之奇气与居沈自当有关，惜未得其前集六种阅之，一证其异同如何耳。《文经》所收文不见佳，盖出前集中者，其不能赏识《续稿》之文，殆亦不足怪也。

（五月八日）

龚定盦《己亥杂诗》中有一首，题曰《别镇国公容斋居士》，注云：

> 居士睿亲王子，名裕恩。好读内典，遍识额纳特珂克、西藏、西洋、蒙古、回部及满汉字，又核定全藏，凡经有新旧数译者皆访得之，或校

归一是，或两存之，或三存之，自释典入震旦以来未曾有也。

案此与思元斋主人甚相似。定盦既与容斋交好，而盛伯熙又曾亲见思元之校本，则均当无误。惟二人名字同有一裕字，不无可疑。不佞颇疑此本是一人之事，或盛氏所见即是裕恩物，因名近似讹，但是天下奇事往往有偶，故亦未敢随意决定也。

（廿五日又记）

《曲成图谱》

偶从纸裹中找出俟堂抄本《曲成图谱》一册，题钱唐夏鸾翔造，无序跋，本文六十五半页，首为图板，以后每半页列二图式，共一百二十八种，图名两两相对，惟其中方背椅之对方无图，当系原缺也。此盖是七巧图之流亚，图板增至十三，凡大小三角四对，大小牙璋形二对，方一，排成各图，较七巧更复杂，而善用不等边形相，故仍具大方之气度。尝见童叶庚所著《益智图》全帙，图样繁富，新奇可喜，但总似乎太细巧些，图板十五块中所谓四象最能见巧，也最是缺点，故觉得反不能及《曲成》也。

夏君列图题名又颇多诙谐之趣，如一幅出腰鼓式灯笼，柄上有钉，题曰“公务”，对叶则曰“私窠”，乃是一屋而斜开其门，又“同偕到老”为男女履各一，比《益智续图》之出同样的绣鞋两只，亦更为有意思矣。其模写品物，如虾米蛏干，猫笋蚕豆，皆颇有风趣，盖不独能具神韵[①]，古拙而不方板，惜因此亦令人难以划分排列耳。七巧图简易，然其生命固自存在，重看儿时熟识的莲叶百合游鱼诸图，还觉得流连不忍弃，惟佳谱难得，听月山房《七巧书谱》自序中所云一斋主人真本，凡有一式，必引古人诗句以合其意，读之令人歆羡，不知现今尚有此书存在否也。

（五月廿三日大风中记）

《复堂日记》卷七，光绪戊子年间记有夏凤翔鸾翔兄弟事，鸾翔字紫笙，通畴人术业，诗不多作，高华朗诣，步武唐贤，有《春晖草堂集》二卷，《复堂文续》卷一有序。紫笙之子即夏穗卿曾佑，民国初年曾为教育部社会教育司长，此图谱或系夏氏家藏，倹堂故得借抄一本，世间似尚无流传也。

（六月三日又记）

【锺校】

①“韵”原作“味”。

凌厚堂

得嘉业堂刻《台湾郑氏始末》六卷，有凌福镜跋，云所据系传经堂刻本，凌厚堂堃于道光咸丰间刻“传经堂丛书”，未蒇事而遭乱板毁，故世间流传绝少。我因此想起凌君的事来，觉得这也是清末的一个奇人。陈子庄在《庸闲斋笔记》卷二中有一则记述颇详，厚堂以道光辛卯举人，大挑选授金华教谕，咸丰辛酉居湖州，城陷为长发军所杀。其为人甚怪僻，俯视一切，工古文，善奇门，星卜星相无所不能，著有《德舆子外集》数十万言。汤伯述著《槃薖纪事初稿》卷二中有《书凌堃》一则，云撰《尚书周易春秋说》十万言，究经史大业，著《德舆子》，论时政甚核。陈氏记厚堂为人相面，又自诩水火遁法，汤氏传其少年时异事，善技击，为侠客，盖非常人。《谪麟堂遗集》文中有《凌教谕墓志铭》，亦如是说，戴子高为厚堂女夫，所言当可信，各家传说似亦多出于此。《传经堂全书》希贵不能得，只得其零种数册，有《相地指迷》十卷，乃集刊前人地理书，《学春秋理辩》卷三，《凌氏易林》卷一凡四分，皆其经说残本，《告蒙编》《德舆子》《德舆集》各一卷，《告蒙编》凡七十六页，皆答人问，最可读，惟喜谈律历，外行人听之茫然。陈氏记其论学直宗孔孟，于宋儒一概抹杀，尤恶朱子，极口肆骂，至谓朱子名与秦桧子熺无异。尝在金华府署中，与其同郡孙柳君孝廉谈及考亭，孙稍右之，遂欲加以白刃。案《告蒙编》中有一处论及《大学》，谓晦庵妄改"在亲民"等句，结云：

> 此皆窜乱经典，慢侮圣言之尤，唐以前说经诸儒所断断不敢出此者，有圣贤作，当诛殛之不暇，而元明人妄以为表章圣学，是犹子弟支解其父兄而以为孝也。

此可为前事作证，平心论之亦本合理，惟措辞稍负气耳。《德舆子》细看不觉得好，虽有郝氏序加以揄扬，只是文颇古奥，蒋氏跋谓读数十过而后始解，不佞则于玄学无兴趣，只翻阅一过而已，终不能甚解也。

《德舆集》页数未全刻，共收文四十编，读之亦只是寻常古文，不见凌厚堂的什么奇气，此在吾辈非为文而读，乃欲于文中求得其人者，读竟不免失望，或反不如残本《易林》，意思虽是难懂，而文尚奇诡可喜也。

（五月廿五日）

孟心史

孟心史先生在北京大学教书多年，廿六年冬留北平，已卧病矣。十一月十六日访诸协和医院，赠以《风雨谈》一册，以其中引及孟先生著作也，廿九日又一至孟宅，后遂不相见，至次年一月十四日乃归道山，年七十二。三月十三日开追悼会于法源寺，到者可二十人，只默默行礼而已，不佞撰一联挽之曰：

野记偏多言外意；遗诗应有井中函。

因字数太少不好写，亦不果用。孟先生著作甚多，但我所最记得最喜欢读的，还是民国五六年所出《心史丛刊》三集。偶阅《屑玉丛谈》，见许元仲著《绪南笔谈》中有一则云：

乾隆六年扬州王张氏代其夫入闱作文，为夫弟告讦，夫被斥，张氏亦谴戍。此事督臣本拟正法，上恩旨免之，得减死。

因记《心史丛刊》记科场案，多感慨语，如云：

凡汲引人材，从古无以刀锯斧钺随其后者。至清代乃兴科场大案，草菅人命，无非重加其罔民之力，束缚而驰骤之。

又云：

汉人陷溺于科举至深且酷，不惜假满人屠戮同胞，以泄多数侥幸未遂之人年年被摈之愤，此所谓天下英雄入我彀中者也。

所说均甚的当。今观《绪南笔谈》所记，则尤有甚者，如古人言，正是人伦之变，而其端由于八股科举，此事实可以深长思也。

（十月廿四日记）

黄晦闻

翻阅明清人所作地方名胜诗集，看到高青丘的《姑苏杂咏》二卷，乃是黄晦闻先生遗物。《杂咏》诗凡一百三十一首，已散编入《大全集》，此尚系原本，后有洪武三十一年周傅跋，盖是青丘被害后二十四年也。前在隆福寺街得此集，卷首有印曰“沈以恭印”“敬斋”，又曰“陈天爵印”“天士”，两册首别有印曰“黄节读书之记”。晦闻卒于民国廿四年一月廿四日，次日余送一联挽之曰：

> 如此江山，渐将日暮途穷，不堪追忆索常侍；及今归去，等是风流云散，差幸免作顾亭林。

附以小注云：

> 近来先生常钤一印曰“如此江山”。又在北京大学讲亭林诗，感念古昔，常对诸生慨然言之。

晦闻没后，藏书多散出，偶在书肆见此册，遂以六元买得之，惜因虫已蛀经裱过，稍嫌臃肿耳。青丘原书固不多见，无意中得到故人手泽，亦可纪念也。

《沮江随笔》

《沮江随笔》二卷，朱锡绶著，前有咸丰八年盛徵琪序，盖朱氏为湖北远安县知县时记所见闻也，内容与文笔均佳，可为此类笔记中之佳作。卷下《白菜》一则中有云：

> 余《幽梦续影》有云，真嗜茶者神清，真嗜菜根者志远。粟影师赠句云，神清半为编茶录，志远真能咬菜根。

因从《啸园丛书》取《幽梦续影》查阅，此即是第一则，粟影所拟赠楹帖亦在，惟咬字作嗜。前有潘祖荫序云：

> 吾师镇洋朱先生名锡绶，字撷筠，盛君大士高足弟子也，著作甚富，屡困名场，后作令湖北，不为上官所知，郁郁以没。先生诗集已刊，板毁于火，他著作亦不存，仅从亲知传写得此一

编，原题曰《幽梦续[1]影》。

潘君之意对于此绮语小言似颇不满，惟以不忍使其语言文字无一二存于世间，辄为镂板，以贻胜流，而未知其早有《随笔》之刻，亦大可惜。

序作于光绪戊寅，随笔当刊于咸丰戊午，盖在二十四年前也。潘序称其字撷筠，《随笔》则署啸筠，盛序作小云，当不误，或初字撷筠后乃改作啸筠欤。盛徵琪为大士之子，《随笔》卷上《巨瓠》末有注云，盛稚兰表兄名徵琪，蕴素师[2]之才子也。时同客楚北。然则大士又当是朱氏之舅父也。

（三十年三月廿二日）

朱氏《疏兰仙馆诗集》四册，现有光绪三年丁丑重刊本，有潘祖荫同治十三年序，盖是为原刊本所作。《幽梦续影》潘序作于光绪四年，乃亦未知诗集重刊之事，可见当时消息殊不灵通也。编校时附记。

【锺校】

①“续”原作“读”。

②“师”原作“帅”。

题影印《琵琶记》

今春间书客以影印巾箱本《琵琶记》见示，喜而留之。词曲均不懂，何能赏识此书，实只喜其以罗纹纸所印耳。卷首图二十幅，刻绘精密，此当是晚明手工，与本文之刊于明初者距离甚远，盖是藏者或影印者所并入，取合锦之意乎。平伯过访借去，云欲一校，未几以校记相示，乃知有如许好处，具如别纸。不佞翻看过罗纹纸，便已满足矣，若在平伯，可以有好些用处，乃即以进上。时在端午节之前，姑以此代替枇杷，而既不可以食，亦并不可以弹，殆真所谓秀才人情者欤。秋荔亭今不存矣，平伯拍曲之兴致则尚如故，犹如不佞之涉猎杂书，得以永今日，此事思之殊可幸，亦复可慨也。

（民国三十年五月三十一日）

《尔雅义疏》杨氏刊本

《尔雅义疏》二十卷，旧有同治乙丑郝氏沛上重刊本，以前尚有学海堂及沔阳陆氏本皆不全，聊城杨氏足本为此本所从出，但不易得，故平常欲读《尔雅义疏》者止可得到郝氏本而已。近日有书估以杨氏刻本见示，较郝本贵至五六倍，终收得之。此书有咸丰丙辰胡珽跋，叙刻书始末，云全稿为高均儒所求得，今书面有题字一行云，己未孟冬在袁浦高伯平手赠，又卷首有印五，一云吴兴世家，一云曾植印信，盖沈寐叟旧藏，亦可珍也。咸丰丙辰至同治乙丑，前后才及十年，而书已至不易得，郝联薇跋云，亟觅原本，在济南晤阳湖汪叔明，欣然以所藏杨氏足本相授，始得付梓，可以见之。大抵道咸时江浙刻书，板悉毁于太平天国之乱，至今成为稀本，其价值往往数倍于康乾板书，杨氏板在苏城，自亦在庚辛浩劫中矣。寒斋此本，不但因为是寐叟手泽故可珍重，且以出于兵火之馀，此意亦甚可记念耳。

（六月十一日记）

《文章缘起》

《文章缘起》一卷，陈懋仁注，方熊补注，列雅书院藏板，卷首有翰林院印，盖是《四库》底本。案《总目》卷一百九十五，《文章缘起》，两淮马裕家藏本，附存陈方两家注，与此正合。序下白文印曰“丛书楼”，少上朱文印曰“结一庐藏书印”，白文印曰“醒梦轩”，本传首行下钤一印朱文曰“彦升”，墨笔小注云，道光壬寅秋得此铜印，附印于此，东卿记。此殆叶氏物耶。卷末有方熊后序，署康熙三十三年甲戌。旧得方氏刻本《陶诗》，中缝下端刻侑静斋三字，与此相同，或谓是咸同时刻，郭绍虞君根据查世标题字，以为当在康熙中，惟不能确定其年岁，今有此后序，便有确证可凭矣。《郘亭知见传本书目》中不列此本，可知其不常见也。

（七月八日）

《唐才子传》

《唐才子传》十卷，自昔以《佚存丛书》本为最佳，嘉庆中王氏三间草堂重刊本流传最广，近得巾箱本五册，题味古书屋藏板，道光十九年岁在己亥秋七月开雕，卷首录《四库提要》，后有附识，所据亦为佚存原本，署龙溪孙云鸿。案近年影印巾箱《琵琶记》末有题字一行云："辛亥闰月十九日舟次观，云鸿。"翁松禅附注云："此孙总戎题字也，总戎雅尚儒术，尝刊香光《笔势论》，今求之弗可得矣。"由是可知即是一人，惟翁氏未提及所刻《唐才子传》，《书目答问补正》亦不载，岂不多见耶。《补正》中列董氏影印日本五山本，寒斋曾得有一册，惟所云光绪间清隐山房巾箱本，惜未能见，颇疑或即是孙氏原板，后为他人所得，因而改名者，但无所依据，甚愿得一见此种刻本，俾释其疑也。

（八月十日）

味古书屋又刻有《小石帆亭著录》六卷，时为道光二十年庚子，此外或尚有所刻书，惜未能见。编校时记。

《迷藏一哂》

《迷藏一哂》抄本两册，题签云“祭酒公著，六世孙允灌谨藏”，印白文一字曰灌，不知何姓也。序为《西江月》二首，末署“癸丑立春，时在前岁季冬望后之二日也，春梦生题于与木石居”。案康熙《万年历》，十一年壬子十二月十七日立春，与此所记正合，可知此是康熙十二年癸丑，文中弘字不避讳，盖亦是康熙时所抄。全书共谜诗一百首，最初二首为六言，馀皆七言绝句，每句隐花草名各一，全部凡四百种。下册有数首乃是所谓荤谜素猜者，颇多谐诨，此在市井本亦有之，惟祭酒公而为此，乃别有趣味，想见老辈风趣，在康熙时盖尚有晚明的风气存在也。

（八月六日）

《柳如是事辑》

《柳如是事辑》一卷，题“雪苑怀圃居士录”，题叶署光绪癸卯，盖是庚子后三年刻也。所搜辑遗事不少，可备观览。惟所录《春浮园集》中与钱牧斋书一则，此类其实尚多，不知何以不取。集中《读牧翁集》七则之五云，钱牧老语余言，每诗文成举以示柳夫人，当得意处，夫人辄凝睇注视，赏咏终日。此一则更是绝好资料，而亦遗之，岂不大可惜耶。

（十一月二日）

偶阅赖古堂《尺牍新钞》，见采有萧伯玉与钱牧斋书一首，即是《事辑》所录者，乃知其只依据《新钞》转载，盖未见春浮园原书也。编校时记。

《竹人录》

《竹人录》二卷，嘉定金元钰著，嘉庆丁卯自序，距今不过百三十年，余所得一册已残缺，存上半及卷下十叶，惟所缺均是前人诗文，尚无大妨碍。卷上小传三十七篇，所记凡五十七人，皆嘉定之以刻竹名者，亦是工艺史之好资料，而文复雅洁可喜，序言愿得窃附于《印人传》《陶说》诸书，与栎园诸书殆可以相比。金坚斋为钱竹汀弟子，在瞿木夫《古泉山馆诗集》中常有说及，嘉庆庚申有题扇诗，道光庚寅有挽诗，盖坚斋弟为木夫之妹婿，亦与有戚串关系也。民国甲寅义州李放编刊《中国艺术家征略》六卷，卷二竹类中转录金氏小传全部，而易其名曰《嘉定竹人传》，虽亦名实相符，惟随意改写书名，未免稍失谨慎耳。

（十二月十日）

和陶诗

和陶诗以东坡为最有名，曾得民国十一年张朗声等集资翻刻之本，清朗悦目。清代有舒白香、姚春木、孔宥涵诸人和诗，孔集近有嘉业堂刘氏刊本，原刻已不易得。徐兆丰《风月谈馀录》卷三云：

> 《心向往斋和陶诗》二卷，曲阜孔宥涵先生继鑅所作，吴让之先生为手录付梓，可称双璧，余曾得初印本，乱后失之，今所传者皆翻刻本矣。

予于北京得一竹纸印本，卷端有白文小印曰汉军钟广，盖是杨子勤旧物，又从杭州得白纸本，皆是原刻，白纸本尤阔大，但别无印记。壬午冬日又得一册，白纸初印，卷首有朱文圆印曰蘖宧，白文长印曰消沉文字海，卷末朱文长圆小印曰子培阅。王氏序后空白有墨笔题记云：

> 惜庵先生为下相名士，藏书甚富，予过宿迁

拟访之，未果也。今观是文，殊异流俗，以序宥函之诗，可谓双绝已。诗中投赠多予故人，宥函既逝，诸人亦多零落，五官与季重之书真不堪卒读也。咸丰庚申，丹徒庄棫书。

下有白文印曰蒿庵。又题一诗云：

帐触山阳渎，风流事竟乖，
安仁不可作，公绪又生埋，
遗稿谁相颂，高文孰与侪，
佳儿亦我友，拭泪望长淮。

书刊于道光已酉，相去才十年也。予又曾见后印本，虽有破碎漫漶处，而细看乃出于同一板本，《风月谈馀录》所云翻刻本却未得见，不知是何时何人所刻也。

（三十一年五月）

《谪麟堂遗集》

戴子高诗文集各二卷，最初所见为风雨楼活字本，心甚喜之，欲求原刻，得嘉业堂新印本。内有补刊六叶，而文集卷二漫漶处尚多有，甚以为恨。又买得旧本两种，价颇居奇，惟徐有壬周中孚诸传仍有残字，但无补刊叶而已。近日从小店买来一部，乃始完全无恙，大为喜慰。此集刻于光绪元年，至今不及七十年，佳本已难得如此，岂以板本不良之故，故易于残缺耶。戴君治公羊学，推重阳明，诗文中又常有故国之思，亦是清末之一奇士，刘申叔邓秋梅诸人曾加以表章，近三十年来渐就沉晦，后生恐将不复能举其名字，此亦深可叹息者也。

（六月十一日）

《恒言录》

昨日以六金买得《恒言录》二册，可谓廉矣。此书原有一部，乃十年前从修绠堂得来，照例极贵，书上记有年月，但不书钱数耳。惟凡有可喜之书予见即复留之，有重出二三者，今买此书亦为是故，阅之却复有所得，盖虽同一板本而又有殊异也。旧本题阮长生序，今改作常生，本文中长生案云云亦悉剜改，惟卷末有三处仍作长生，又元字旧缺末笔，今亦补足，间有遗漏未补者散见各处。阮长生不知何时改名常生，乃一一剜改旧文，可谓不惮烦矣，至补足缺笔字，则又何耶。旧本只末页题曰，“后学甘泉阮鸿北渚、仪征阮亨梅叔校”，今于目录后添刻一行云，“仪征阮亨仲嘉校”，或者此本校改乃出仲嘉之手，以避家讳为无谓，为之改正，亦未可知。此等板本之变更其事甚微，却亦甚有意思，值得查考记录者也。

（三十一年六月十五日记）

《列仙图赞》

中国画列仙者向来无甚好手，近世竞称任渭长之《酒牌》，但细看亦只是配景见长，若仙人本身但是其间一部分，且亦不大见得若何仙气也。日前偶从书贾得日本释寂照所作《列仙图赞》三册，安永庚子刻，后归芸草堂印售，却颇别致。每册各四十图，图中大抵一人，略如绣像，只偶或有所执持跨坐而已，其最特别处则仙人容貌多奇古或枯槁衰老，如广成子老子黄石公诸人。酒牌亦有之，而二者极异。凡人固不得见真仙，但如以白云观老道之例推之，即或延年而未必能驻颜，则此所图写者或反近真，亦未可知耳。中国神仙家大约可以分作两派，其一禁欲的，辟谷导引以求不死，与印度外道仙人稍相近。其二服金石以至御女，可以说是纵欲的，秦皇汉帝以来信徒不少，观于举世艳称吕岩，可以知之，吕仙图像固俨然一多福多男子之员外相也。写枯槁的仙人，中国竟已无此观念，即萧山任君亦未着手，思之亦可惜事也。

（六月十六日）

《樵隐集》

《樵隐集》五册，丹徒李遵义著，刻于民国癸亥，诗文杂著凡九种，殆因印书不多之故，市价奇昂。但一借阅，以个人偏好论之，则其中亦只《毛诗草名今释》《鱼名今考》二种一册，差可取耳。《诗存》三卷中，《山居杂事》《岘南杂兴》等绝句四十馀首，写农家风物，亦有佳句，作集序者称其书确为农家云云，诗中只此可为左证，其馀都浑不似矣。《诗存》中有《哀发吟》七解，词既荒恶，而宝爱辫发，有类失心，似竟不知辫之历史者，可谓异事。大抵前清遗老惟知模拟明末隐君子而不能辨别情事之殊异，《西江诗话》载黎祖功诗，我颈不屈如老鹤，我发已剪如秃鹫，固堪称强项有骨气，今乃曰，虎豹犬羊一齐鞟，髡奴吾民何罪恶，此岂复成语耶。文人弄笔，纰缪时亦难免，惟赖有益友为校订厘正之，今观诸序亦多梦梦，则自无望矣。古人云，士先[1]器识，正非迂谈，但翻阅别集，深觉此事大难。结果只能反求诸己，惟读者有器识，乃可杂览，虽不希望拣金，披沙之能则不可缺者也。吴街南《读书论世》卷十二“金代”一则云：

建炎初金人禁民间汉服，令髡发，不如式者杀之。真定太守李邈被执三年，使髡发，大骂，挞击其口，犹吮血噀之，遂遇害。前此北魏孝文用华服，契丹破晋，令华人华[2]服，契丹人仍契丹服，自服通天冠绛纱袍，元入宋亦无改服之令，独金人不如式之令何严耶。

《读书论世》以是被禁毁。前后才二百年，街南之书几不可复见，后人乃盘辫而大言，亦宜也。

（十月五日）

【锺校】

①“先”原作“多”。

②“华”原作“法”。

《憩亭杂俎》

庚辰旧除夕得常熟鸽峰草堂抄本《憩亭杂俎》二册，海宁许树棠著，凡文三十七篇，末附《十二禽言》，目录未列入。所收皆游戏文章，其位置在尤西堂缪莲仙之间，《海昌备志》曾著录。案海宁郭尧臣著《捧腹集诗钞》一卷，啸园葛氏刊巾箱本，为《闲情小录》之一，蔡绍周著《怪吟杂录》二卷，今存勤艺堂邹氏抄本，自署武林，似此类著作多出杭州，如在江南则须推苏州也。据卷首孙清所录小传，憩亭嘉庆戊辰举人，己巳进士，壬申卒，年二十八，又夫妇生卒均同时日，亦奇事也。案《续夷坚志》卷一“任氏翁媪”一则云，定襄沙村樊帅所居，说里中任实洎其妻张氏七十三岁，同年月日时生，复同年月日时死，古今所无有。

今得许氏夫妇，可谓无独有偶，然亦太是偶然矣。

（壬午立冬后二日）

《二十七松堂集》

廖柴舟《二十七松堂集》以前只有日本翻刻十六卷本，首有文久壬戌盐谷世弘序，即清同治元年，此板似至近时尚存，故书甚常见，每部十册售价才二金耳。今年偶从杭州得原刻本，凡九册，计文十八卷，诗六卷，似系康熙时刻而后印者。与日本刻本比较，卷首朱蕖序及自序均相同，独多乾隆三年高纲序，曾璟撰传注云载《通志》，盖是后来所加。文卷一至十六亦同，惟有两篇题目上剜去三字，日本刻本不缺，可知所据为早印本，至于此处朱吟石之名为何有违碍，则未之知也。卷十七为《四书私谈》十八则，《答客问》五则，《山居杂谈》六十五则，卷十八则为杂文，编列颇凌乱，诗集六卷而题作卷十七至二十二，原来与文集并算，及文集添刻两卷亦列为十七十八，故看去乃似重出也。书系原装，每卷首叶有朱文直行印曰“戴同寿藏”，馀别无印记。

（十一月十日）

《栖云阁诗》

《栖云阁诗》十六卷四册，旧布帙题签下注云："高南阜手跋，癸亥五月得于胶西故家。"第一册书面上有题字四行馀，文曰：

> 淄川宗家少司寇公念东先生刻集，其文孙绎常弟于壬戌三月廿五日邮寄至，越五日左手识存，翰。

下有白文方印，似是"西园图书"四字，题字左下方有二印，文模糊不可辨。目录后有题字八行云：

> 余向随先大人于淄川时，曾一遥瞻司寇公丰采于栖云阁，又十馀年再入淄川，逢其文孙绎常弟，留榻阁上，复数晨夕，今寄诗至而余老病竟无人理，追想陈迹，何胜惘然。壬戌二月重病左手记。

案高南阜卒于乾隆八年癸亥，年六十一，此为其一年前，计距今正二百年矣。高君左手书画真迹未得一见，今于无意中乃得其手书十馀行，亦大可喜，至于高念东诗亦复别有佳趣，则是别一事，抑亦其次也。

（十二月八日）

《清诗初集》

《清诗初集》十二卷，蒋玉渊选，康熙二十年辛酉自序，乾隆时列入禁书目。所选有方孝标诗三首，即卷七卷九及卷十二，五七律七绝各一，殆亦是违碍之一原因欤。李文石著《旧学庵笔记》中有“方楼冈诗”一则，录其手书仿唐人拟古乐府百首之三，云方[①]楼冈集已奉旨销毁，其诗与书至不易得，三诗颇有唐贤气息，与褐夫古文可称二妙也。予不知诗，未审《清诗初集》所选者如何，但因此而方楼冈之诗共得有六篇，亦大是好事也。

（十二月十日）

【锺校】

①“方”原作“按”。

《印人传》

周栎园《读画录》四卷，《印人传》三卷，赖古堂原刊本，于市上分两处得来，而大小如一，可以合装一函，亦可喜也。《读画录》无印记，《印人传》卷一有白文印曰，汉阳叶名澧润臣甫印。此书旧有风雨楼邓氏合刻本，白纸铅印，亦颇明净可读，今得原本，自更可珍重耳。栎园平常虽喜骂竟陵派，而究系明末人，流风馀韵固亦尚在，所著书如《闽小记》《因树室书影》各种，均颇有风趣，此二录虽谈画与印，而不涉艰涩，多记性情事迹，盖实以传记为主而艺术为副也。

《印人传》卷一书许有介自用印章后云，君大腹，无一茎须，望之类乳媪，面横而肥，不似文人，字画诗文恒多逸致，见其手笔者拟其貌若美好妇人，亦异事也。又云，翻阅诸章，如见君鼓大腹，以巨觥合面上时。此与印章或无甚关系，惟描写极妙，读之真觉得此中有人，呼之欲出矣。又书文国博印章后云，公左目虽具，而不能视，如世人所云白果睛者。此种写法亦非普通所有，却是关于文寿承的难得资料，甚可贵也。

卷二书黄济叔印谱前，录其致济叔小札两通，惟阅《尺牍新钞》卷十二，此札具在，而署名周圻，字百安，抚州人，著有《尝实堂集》，则自别有其人，不知何以混合，岂栎园不欲自表暴，故借用其宗人之名耶，疑莫能明也。同日记。

陈授衣诗

潘清撰著《挹翠亭诗话》卷一云：

《韩江雅集》，全谢山为序，《田家杂兴》题，陈授衣云："儿童下学恼比邻，抛堉池塘日几巡，折得花枝当旗纛，又来呵殿学官人。"闵廉风云："驴背田翁傍晚回，绕身儿女笑轰雷，城中完纳官租了，带得泥婴面具来。"

数诗描写难言之景，可谓体贴入微。

寒斋适有陈氏《孟晋斋诗集》，乃取出翻检两过，尽二十四卷中不见儿童下学之诗，殆未编入集中也。但别又找到几首说及儿童生活，亦均可喜。

卷十二《苦雨》云：

水田高下没青秧，一月无多见太阳，
儿女不知调燮事，绿窗苦怨扫晴娘。

又《清明二首》之一云：

燕子低飞掠草烟，城隅绿浪系红船，

溪童三五趁朝雨，偷折柳枝来卖钱。

卷二十《上巳偶书》云：

清明杨柳重三荠，采折儿童竞卖钱，

可惜一离烟渚畔，竟随葱薤市门前。

此种景象其实并不怎么难写，只是平常诗人看不上眼，不肯收拾来作诗料，故极少见耳。诸诗中仍以下学一绝为最有意思，因其主意即咏儿嬉，与他诗之偶用作材料者不同。《宾退录》中载路德延《孩儿诗》五十韵，亦是难得之作，唯每句只咏一事，有如百宝衣，少有贯串耳。

图书在版编目(CIP)数据

书房一角/周作人著作;锺叔河编订. —长沙:岳麓书社,2020.10

ISBN 978-7-5538-1221-2

Ⅰ.①书… Ⅱ.①周…②锺… Ⅲ.①散文集—中国—现代
Ⅳ.①I266

中国版本图书馆 CIP 数据核字(2019)第 284577 号

SHUFANG YI JIAO

书房一角

周作人著作　锺叔河编订

特约编辑:鄢　琨

责任编辑:蒋　浩

责任校对:舒　舍

书籍设计:风格八号

岳麓书社出版发行

地址:湖南省长沙市爱民路 47 号

直销电话:0731-88804152　0731-88885616

邮编:410006

版次:2020 年 10 月第 1 版

印次:2020 年 10 月第 1 次印刷

开本:787mm×1092mm　1/32

印张:11.25

字数:183 千字

印数:1—6 000

ISBN 978-7-5538-1221-2

定价:32.00 元

承印:长沙鸿发印务实业有限公司

如有印装质量问题,请与本社印务部联系

电话:0731-88884129